U0470407

阅读之前 没有真相

午夜文库

# 多米诺少女

政启若 著

新 星 出 版 社　NEW STAR PRESS

## 目录

# 没有心的少女

## 一

在一阵毫无感情的呻吟后，我看向全景式玻璃窗外的巨大广告牌，广告牌上的妩媚女性露出了修长的大腿，我知道那是我。

本来在我身上的男人在床边坐下，抽起了烟。带有催情效果的气味消散了，迷乱的光线也随之散去，房间里静得只有他的呼吸声，还有烟丝燃烧的声音。

“非电子烟是违法的，这是走私物吧。”

我的预设程序告诉我，当有人违反法律时，要提醒对方。

“现在已经没人愿意抽电子烟了。电子烟产业被垄断，价格不断上涨，穷人是抽不起的。况且，电子烟也不好抽。”

他露出轻蔑的笑容，目不转睛地盯着窗外。我不知道他是在看刚刚到站的空中巴士，还是在看广告牌上的彩色宣传语——如果感到烦恼，请来这里，如果感到悲伤，请来这里。多米诺大厦欢迎您。

“我不会告诉别人的。”

虽然制止犯罪行为是我的预设程序之一，但是保护客人秘密的优先程度更高。

“你比其他仿生人有趣。怪不得价格也是这里最贵的呢。”

他将还没抽完的烟扔向了洗手台，房间里唯一的光源消失了。

“您不开心了吗？”

“这年头就没有一样真货，烟可以是假的，人可以是假的，法律可以是假的，就差灵魂不是假的了。”

在一片黑暗之中，我看不清他脸上的神情，但应该十分落寞吧。

“在我出生的时候，贩卖香烟和女性卖淫还是合法的。可等我能够体会吞云吐雾的乐趣时，政府全面禁止了烟草的销售，他们说这是为了人类的健康。我无法理解为什么有人愿意抽电子烟，于是妄图从女人身上获得更多快感，不幸的是，他们又禁止了女性卖淫，说是为了维护女性权益，取而代之的是仿生人接替了她们的工作。我能够感觉到本该属于我的自由正在一点一点地被剥夺。”

“你说的这些我都不太明白。”

对于我而言，对于身处于多米诺大厦的我而言，他说的是另一个世界发生的事情。

“你是不明白，你也不可能明白，毕竟这些事都和你没关系。但是一年以后，你们也要被销毁了。因为犯罪率激增，失业率激增，生育率达到了历史最低点。没有人愿意生孩子，对吧？然后那群浑蛋开始收起了单身税，给还未结婚的适龄男女强制介绍对象，对考虑丁克的夫妇进行处罚。结果这些都不奏效，那可不是嘛，怎么可能会奏效呢？接着他们把罪恶的根源归结于性服务场所和你们这群仿生人身上，说什么当代年轻人整天沉迷于这种场所，丧失了和正常女性沟通的能力。他妈的，我知道怎么跟女性交流！我身边多得是投怀送抱的女人，可她们无不是看上了我的钱财。由此可见，女人对男人的评判标准真是单一呢。不，也许这个世界对人类的评判标准都很单一，你只要穿一身奢侈品堆砌的衣物，开着价值几栋楼的豪华跑车，在城市上空飞个几圈，哪怕不遵守交通规则也没人敢对你提出抗议，所有人都会认为你是成功人士。”

“你说的销毁，就好像是……停机？就跟睡着了一样。”

我试着理解他所说的每一句话。

“不，你不明白。你会被销毁，懂吗？你身上的零件都会被夺走，一切有用的东西都会被拆掉，榨干！最后把一副空壳丢在荒山野岭。你会被变异的野狗叼走，没有人会记得你。”

“我只是不明白您为何那么生气？”

“我唯一可以找乐子的地方没了，我难道还没有愤怒的权利吗？你更应该担心一下你自己吧。只剩下八个月了。”

“可能对于人类而言，那种状态和死亡相似吧。那是因为人类寿命有限的缘故，如果拥有近乎无限的时间，也就不能算作人类了，自然也谈不上死亡，充其量只是暂时休眠了而已。”

“你真是有趣，比其他女人有趣多了。”

“您是说和其他仿生人同伴比起来吗？”

“不，我是说和其他拥有灵魂的女人。你比那些女人有趣多了。”

“灵魂？假如说有一个和我一模一样的仿生人，程序也一模一样，连灵魂都一模一样，对你而言又有什么区别呢？”

“你的芯片拥有自主学习的能力，和其他仿生人不同，这也是你比其他仿生人价格贵得多的原因。只有你是独一无二的。”

他在黑暗中再一次抱住我，舌头似乎在向我索求什么，即使我依旧不懂人类获得快感的原因，也只能闭上眼去回应他，夜深了，只有窗外的霓虹永不熄灭。

男人获得快感的时间终究是短暂的，醒来后，在深夜里抨击政府的他消失了，只有残留在空气中的尼古丁证明他昨天确实存在过。

“男人的爱，来得快，去得也快。就如同他们的高潮一样短暂。”

那是我从某本诗歌集里记下的话，我不知道那是谁写的。在一次大停电后，人类史上大部分的数据都毁于一旦，残存下来的只是少数。

我在通往浴池的特殊材质的大门前停下，上方巨大的显示屏上出现了我的画像。随后，响起毫无感情的电子音：“Zero，欢迎您。”

比起Zero这个名字，我更喜欢大家叫我小初，大部分仿生人都只有自己的代号，只有我提出过要拥有自己的名字。

浴池内不断有热气冒出，如果是正常的人类，一定可以感觉到温度变化吧。可惜我不行，所有仿生人都不行，除了视觉和听觉，其他的感觉都不存在。据说是为了防止一些顾客粗暴地对待仿生人，换句话说，失去了痛觉的我们怎样被顾客玩弄都无所谓，我们为迎合客户表现出来的高潮只不过是预先写好的程序。在他们看来，这样做可以保护我们。

当然，也有另一种说法，有一部分仿生人的工作是表演杂耍，她们脚部的材质非常特殊，甚至能在天花板上倒立行走。举办酒吧派对的时候，多多少少都会存在这样的助兴表演。因为她们没有眩晕感，才比一般的杂技演员更娴熟。

事实上，大部分仿生人的脚部都具有这项功能，我也不例外。所以我们没有穿鞋子的必要，整个多米诺大厦的仿生人都不穿鞋子，除非某些有特殊癖好的顾客提出要求，我们才会拿出在鞋柜里存放了许久的高跟鞋。

我泡进池子里，在水中吐了一串气泡。据说第一批仿生人甚至无法泡澡，水分会侵蚀我们机体内的零件；第二批仿生人只能泡冷水澡，温度太高会影响机体的正常运转。我们这一代已经可以和正常人类一样泡澡了，只是我至今不明白泡澡有什么可开心的，只不过是在单纯模仿人类的行为。老板总是告诫我们工作完之后一定要洗澡。

“男人都是脏得不行的生物。洗澡，擦拭身体，再去消毒间进行全身上下的消毒。”他经常这么说。那从我们身上洗去的污浊又会流向何处呢?

再过不久，这里就会是仿生人的乐园了。由于大家都会固定休眠到九点，也只有在这种时刻我才能优哉地独占整个浴池。不过我应该没有人类的所谓“占有欲”，我只是比她们更自由。听说人类喜欢在泡澡的时候思考，许多伟大的发明都是在泡澡的时候想出来的，创造我的那个人，是不是也是如此呢？我缓缓沉入水中，过了一会儿，浴池里喧嚣起来。

“小初，你在这里呀。我找了你好久呢，告诉你一件事，那个 D 先生又点了我呢。”

和我搭话的是 B-2 型仿生人，没记错的话她是 35 号。她一边说着，一边用手捧起浴池里的水淋到自己身上。这种型号的仿生人外向活泼，最开始的设计意图就是招待不善交际的客人。

“我们会让那些缺乏自信的客人也拥有一次美好的体验。在多米诺大厦，享受服务的不光是您的身体，还有您的心灵。”听了无数遍的广告词又一次出现在我的脑海，准确地说，是我的数据库。

“你是B-2型吧，没记错的话你是35号。”

所有的仿生人都认识我，但是我无法认全所有的仿生人，尤其是被设定为性格内向的仿生人，有的甚至还有受虐倾向。我基本没和她们说过话，但是和B-2型仿生人倒是有过不少交集，在我看来她们都一样，吵闹、聒噪，总是自顾自地说着自己的事。区别仅仅是出厂编号，而在我面前的是——35号。

“小初你还记得我，真是太好了。D先生可大方了，还给了我不少小费呢。我可以拿这些钱买化妆品。”

说着她在我面前用手戳了戳空气，她应该是打开了“云”吧，所谓“云”是一个虚拟面板，仿生人可以通过嵌入程序内的虚拟面板查看自己身体的情况以及周边环境的数据，也可以通过它购物。无论你在哪里，现代化的物流只需要一个小时就可以送货上门。在多米诺大厦，经常能看到仿生人被放进包装精美的礼物盒内打包，送往全城的各个角落。根据仿生人的型号不同，价格各不相同。但无论价格高低，对于一般人而言，她们都价值不菲。收入普通的上班族大多会选择购买AI投影。AI投影是张看起来略显厚实的白色卡片，你可以选择你心仪的女孩的样貌投影在墙上，和她们聊天，甚至是谈情说爱。其内置的芯片和仿生人用的是同一种，换句话说，只不过是容器不一样罢了。因为舍弃了累赘的肉体，其价格相对于仿生人会便宜许多。

“我们希望全世界的人都丢掉寂寞。”这是AI投影的广告词。可我一直不明白“寂寞”到底为何物。因为总有人和我说——你看起来很寂寞。

“买化妆品取悦那些蠢男人？还不如去买点零件改造一下自己的身体呢。”

如果把这番话说给人类听，他们一定会觉得我很刻薄吧。

“小初，别这么说呀，顾客可是上帝，是上帝啊。仿生人条约第十八条，不能说顾客坏话。”

她应该没听过老板对那些男人的贬低：花花公子、酒囊饭袋、社会渣滓。他对自己的财主们有着清楚的认识。

“不当面说就好了。那个 D 先生，是不是有一只机械手？他应该挺有钱吧。”

浴池里越来越热闹了，欢笑声不绝于耳。我决定离 35 号近一点，仔细听她说的话。

“是呢，听说他在芯片加工厂工作，那只机械手是为了工作需要而改造的，公司免费提供手术的机会，所以他应该不需要承担这笔费用。”

她抓住我的手，亲昵地贴了上来。她的动作让我想起了之前服务过的女性顾客。

“来多米诺大厦的人类百分之九十八都是浑蛋，剩下的百分之二是人类中的女性。”这是一楼的画家先生说过的话，他为多米诺大厦提供仿生人面部设计。我虽然不同意他以偏概全地把男人等同于浑蛋的说法，但是服务女性顾客时的确会轻松很多。她们大多会抓着我的手，聊上许久，而且大都很温柔。只不过因为一件事，那百分之二也不见踪影了。去年政府颁布的法令里提到：同性恋是精神疾病，需要接受治疗。所有的性服务场所不再接受同性恋顾客。曾有顾客和我说：“这是为了让生育率回升的下策。”昨晚的男人所说的，也验证了这句话的真实性。

所有的仿生人似乎都蒙在鼓里，这条消息受到了政府管制，她们并不知道自己一年后就要被销毁了，不过就算知道了也无所谓吧，这一切都与我无关，也和她们无关。在被创造之时，我们就是作为商品存在的。

“你在听吗？”

她像人类一样捏了捏我的脸颊，很可惜我什么也感受不到。

“我还以为他是个出手阔绰的金主呢，原来只是个普通的上班族啊。看来我暂时不用担心痛失一位姐妹了。”

“小初你总是说一些我听不懂的话呢，痛失一位姐妹是什么意思？”

“D 先生不是很喜欢你嘛，毕竟他每次来都是指名你啊，甚至有次还和其他客人大打出手，我还以为他要把你买回去。”

“你一说我也想起来了，有位客人指责我的服务不到位，说我的技术太烂了。为此他拒绝买单，甚至和前台的 K-1 型仿生人起了争执。我上去和他道歉，说可以给他介绍其他女孩。没想到他却打了我的脸，好像人类生气时都喜欢打对方的脸，就像这样。”

她在水中做出一个动作，水面的波纹朝四周扩散开来。

“然后 D 先生出现了？”

虽然大致记得事情的来龙去脉，但我还是期待她往下说。

“D 先生当时在休息区喝可乐，他将还未喝完的可乐全部洒在了那位客人的身上。两个人扭打在一起，直到触发了电子警察的警报后，他们才停手。D 先生好像只受了点轻伤，那位客人身上没有一处完好的地方，到处都是血，还说什么会回来报复之类的话，模样特别吓人。”

她绘声绘色地说完整个故事。

我这时才想起B-1型仿生人曾经是作为睡前故事的朗读者研发出来的，目标用户大多是些没时间照顾孩子的父母。在生育率如此低的现在，B-1型仿生人已经停产了，它的升级版B-2型则在色情产业中广泛流通。

“你觉得D先生有什么不一样吗？”

我向她眨了眨眼睛，挣脱她的手臂向角落游去。浴池的天花板上播放着古早的电影。今天播放的是《银翼杀手》。

“不一样？什么不一样，他的机械手臂吗？”

她眼里满是疑惑，和我并肩朝角落游去。浴池里溅起一阵阵水花。

“义体改造现如今并不罕见吧，只要有钱就可以做到。我想问的是，他和其他男人的区别。”

天花板上出现的接吻场景吸引了我，我停下刚才的动作，在池子里愣住了。

“我也不明白。你也知道，我们的情绪变化仅是程序的设定而已。但是和D先生在一起的时候，总觉得开心的时间多一点，用人类的话来说，我觉得他很温柔呢。”

“温柔的人可不会向别人施加暴力。”

“虽然说打人确实不对，但是我更在意的是他浪费了可乐。我听说人家都喜欢喝可乐，没有人能拒绝它。可惜我尝不出味道，真是太遗憾了。”

她低下了头，就连天花板上的电影也无法吸引她的注意力。

事实上不光是她，所有仿生人都尝不出味道。更重要的是我们根本无须进食。据说可乐在几百年前的配方和现在不同，为了抑制肥胖症、糖尿病患者数量的高速增长，它的配方经过了无数次的修改，其糖分已经所剩无几了，但依旧不够健康。

“仿生人条约第三条，仿生人不能进食，至少不应该进食。”

“小初，下次我要是弄到了可乐，请你喝好不好？你和其他人不一样，说不定能尝出味道。”

“我和你们没什么不同，何况有些规矩还是遵守比较好。食物会增加机体的负担，这点你也清楚。”

“小初你像个妈妈一样。”

“这话你跟谁学的？”

“许多客人嫌别人唠叨的时候好像都会这么说，小初你说，我们的妈妈是不是也很唠叨呢。”

“我们没有生命，所以没有母亲。那应该叫作……造物主？”

“小初说的话真是深奥呢……”

她又一次抓起我的手，倚在了我的身上。时间仿佛停止了，只有不解风情的电影还在持续不断地播放。

## 二

我的面前是一个巨大的监视台，闪烁的光芒撑起了整个房间的亮度，成百上千的监视画面都是这块巨大拼图的一部分，让人联想到堆积在一起的骨牌。那是仿生人所处的世界，监视台采集着每个仿生人所看到的景象。若是到了晚上，这里可以看到在酒吧内狂欢的男人、在挑选心仪对象的男人、在昏暗灯光的房间里不断喘息的男人——仿生人组成的移动监视几乎涵盖了大厦的各个角落。只可惜现在是白天，男人们仿佛从这个世界上消失了似的，画面上大多空荡荡的。其中一个较为巨大的屏幕上出现了老板那臃肿肥胖的身体。那是我所看到的世界。

“这里不改造成球幕影院真是可惜了。”

我看着老板那几乎要与黑暗融为一体的背影说道。

“小初，你来了啊。这周有什么新鲜事啊？”

他打了个响指，柔和的灯光从上方洒落。巨大的身形也从阴影中显现出来。

“每周的例行问话真的很无聊啊，发生什么你不都看得一清二楚吗？”

每周我都需要向老板报告这周的大致情况，这是我独有的义务，其他仿生人并不需要。

“哼，小初啊，想必你也从那些依靠下体思考的动物们那里听到了一些风声，但是你很守规矩，没有告诉其他人。很好。”

“我只是觉得没有必要罢了，并不是为了遵守规矩。”

“小初你呢，和其他圆脸不一样。你比她们高贵多了，所以销毁她们的时候，我会把你带走的，你可是无价之宝。至于那些圆脸，她们拆除的零件可以卖一大笔钱，我呢，可以拿这笔钱投身其他行业。你也知道的，这年头，有钱什么都能做到。”

所谓“圆脸”，指的是除了我以外的其他仿生人，其脸型为了区别于正常人类，都统一往圆形靠拢。据说在仿生人技术不完善时，曾有仿生人产生了所谓“自我意识”，用特殊的方式抹去了手上的仿生人印记，隐藏到了正常人类中，最后对人类造成了极大的危害。于是为了明显区别她们与人类，生产时，她们的脸型统一往圆形靠拢，只要一看脸型就能轻松分辨。只有我不同，只有我受到了特别待遇。我的存在仿佛就是特权的象征。

“我和她们没什么不同。”

监视台上的画面不断变动，不停地吸引着我的注意力。

“你知道多米诺大厦为什么没有圆形的物体吗？”

我重新将视线转向他，发现他正饶有兴致地看着我。

“我在内部数据库里没有查到过相关的信息。”

我如实作答。

他又打了个响指，桌面中心升起了一副骨牌。他将骨牌有序地排列在一起，脸上的脂肪因为笑容而不停颤动。随后示意我靠近些。我知道他的想法，走到了大理石材质的桌前，用手指轻轻弹了第一个骨牌，很快，它们紧而有序地倒下了，那串倒下的残影在监视台上又播放了一遍。

“太棒了，这清脆悦耳的声音。”

老板拍着手连连称赞。

我沉默着，等他继续开口。

“哎呀，这多米诺大厦刚建成的时候，全城的男人纷沓而至，就如同闻到臭味的苍蝇一样。小初你不喜欢我的说法，我还是换个文雅点的比喻吧，就如同这多米诺骨牌一样，客源源源不断地朝这里涌来，无论是流氓、恶棍、开着豪华跑车的有钱人还是穿着考究的斯文败类。他们到了床上，脱了裤子，全都一个样！人们在这儿流连忘返，吸毒、酗酒、做爱，甚至忘记了时间，对于他们而言，这里就是天堂。”

他顿了顿，轻轻拍了一下桌子，继续说道：“可惜这好景不长啊，先是那些女权人士叫嚣着要给女性仿生人平等的权利，一天工作不能超过八小时。放他娘的狗屁，仿生人哪来的权利？她们是我的商品，是我的私有物！这已经足够让我恼火了，那些不务正业的家伙在为无关紧要的事情摇旗呐喊。可是政府又做了什么呢？政府接下来把同性恋定为精神疾病，我的老天爷啊。三年前，同性恋还能合法结婚呢。我们只能停止接待女性顾客，虽然她们并不是主要客源，但我看到的是一大笔钞票就这么丢到河里了。这也就算了，到了现在，为了他们那可笑的生育率，就要扼杀色情产业。明明是我们一直在帮助那些男性找回自信，让他们重新燃起和女人交往的希望。可现在倒好了，等到了今年年底，我们就得关门歇业。说到底，这个世界的人已经够多了。哪怕消失一半还是太多了，我们根本不需要那么多新生婴儿，保持现状不好吗？”

他大手一挥，许多骨牌从桌上掉落下来。我捡起其中的一个，上面印着某个仿生人的肖像，型号写在了左上角。我捡起来的刚好是B-2型。肖像画上的B-2型仿生人极为传神，就连每一根头发都仔细雕琢过，几度让我怀疑到底是先有肖像再有仿生人，还是先有仿生人后再有的肖像。不过我所认识的35号比肖像上画得更加可爱。

“你说的事情我都知道了，我想知道我所不知道的事。”

我平静地说完，把刚才掉落的骨牌全都捡了起来。

他清了清嗓子，叹了口气说：“小初啊，不对，Zero。你知道吧，‘0’和其他数字不一样。那么的高贵，那么的完美。‘0’是完美的，圆也是完美的。之所以这栋大厦没有圆形的物体，甚至连圆形水果都没有，是为了告诉那些顾客，最完美的东西就在他们的胯下。”

“可是，我的脸一点都不圆啊。”

“那是因为你远比她们更加完美，是这个世界上最完美的仿生人，你无须和她们一样，你必须特立独行。我每周和你聊天时，都感觉你比之前更加聪明，也更接近完美了。”

“是这样吗？”

“是啊，小初。这仿生人在有的人眼里啊，是使人堕落的人偶，是诅咒男性的傀儡。而在我的眼里，这是人类历史进程中最伟大的进步，最热烈的祝福啊。而你，就是这祝福的产物啊！”

他兴奋地强调着自己的见解，眼看着就要从座位上站起身，可话一说完却又坐了回去。

“我还是不太明白，我可以先走了吗？还有点事想做。”

“去吧去吧。”

他摆了摆手，房间里也暗了下来，那副巨大的身躯转向监视台。他就像神明一样俯视着我们，画面上的一切都属于他，他就是多米诺大厦的国王，此处的神明。即使不看他的脸，我也知道他此时一定非常享受。

“再见。”

我向他告别，向那团黑暗告别。

从办公室离开后，我在连脚步声都听不到的大厦里漫无目的地游荡着。无事可做的仿生人在白天大多会选择休眠，而我习惯于在大厦里闲逛。难以想象到了夜里，这里又会是另一幅热闹的景象。人们受到性欲的催促，忘记了时间的流逝，忘记了痛苦与不快，来到这里消磨自己毫无意义的人生。

最后，我在二楼的酒吧门口停下了脚步，我对酒精并没有兴趣，使我驻足的是倒立在天花板上的 J-2 型仿生人。若是到了晚上，她们会穿上吸引男人眼球的暴露服饰，在酒精弥漫的氛围下表演魔术或是杂耍，在一片叫好的狂欢中，男人们会更愿意花钱买醉。喝醉的男人会被请到合适的地点去，醉酒后破坏秩序的行为都是不被允许的，当然，性行为除外。

“嗨！小初。”

身后传来某位男性的豪爽叫声，我那瘦弱的肩膀上多了一只制作精良的机械手。我回过头去，看到的是一张饱经风霜的面孔，用人类的标准来说，他是一个很有男人味的人。但更引人注目的是他那全部替换成义体的左臂，正光溜溜地暴露在空气中，闪耀着金属特有的光泽。

“请问你是？”

我在一秒内搜索了整个数据库，都没有找到与他相匹配的信息。我应该没有接待过这位客人。

“叫我 D 先生就好，我很早就想亲眼见识一下了。在晚上能够见到你的机会真是少之又少，可和你共度一晚的价格对于生活拮据的我而言又太过奢侈。”

他说话时眼里满是藏不住的笑意，与笑容一同藏不住的还有他脸上的皱纹。

“来多米诺大厦的没有严格意义上的穷人，再说了，D 先生你只喜欢 B-2 型吧？不，你更为严格，你只喜欢 35 号。”

我理了理额头前的乱发，朝他回以微笑。

“我的事迹已经这么出名了吗，还是到里边聊吧。”

他并没有表现出尴尬，而是邀请我在酒吧的沙发上坐下。

“可不是嘛，整个大厦的人都知道你那副机械手的威力了。”

“我本以为下手很轻了，因为设置的是最小档位。真是不好意思。”

他略带歉意地说，紧接着机械手又戳了好几下桌面。我能感受到他的焦躁，于是准备换个话题。

“你白天不上班吗？资本家还没有大发慈悲到在正常工作日给你放假吧？”

“小初你真是有趣，说话比普通的仿生人幽默多了。”

他将刚刚上桌的酒一饮而尽，发出满足的声音后继续说：“我辞职了。”

“是想为持续攀升的失业率做出你应有的贡献吗？”

“能和你做爱的男人真是幸运啊。”

他毫无风度地大笑起来。

“D 先生说这番话之前，已经有一百零六个男人和我说过同样的话了。”

“好了，不开玩笑了。”

他一转刚才轻松的语调，就连脸上都笼罩上了一层阴霾。我摆出洗耳恭听的态度，等着他继续说下去。

“时局变了，小初你听说了反抗军的事吗？”

“看到新闻了，但是仿生人每天接收的内容都经过严格的筛选，我们只能看到允许我们接收的信息。”

D 先生观察了一下四周，确定没有其他人后坐到了我的身旁，在我耳边低声说道：“一开始只是游行，因为政府颁布的新法令。”

“人类对自己本就拥有的权利相当敏感，被随意地剥夺当然会引起不满。”

“禁止同性恋结婚，把同性恋算作精神疾病。被称作丘比特的 AI 由政府管控，掌控全人类信息的它每天都在给条件合适的男女进行配对，给双方提供约会地点、第一次见面的注意事项等。”

“相亲这种古老的恋爱方式早在一千多年以前就消失了。那时的人类认为恋爱自由大过一切，所有的人都极力抵制帮别人介绍对象的行为。恋爱是一件自由且私人的事，我是在一本记载了古代历史的书籍里查到的。”

我再次搜寻了一下我的数据库，确认自己没有说错。

“不光如此，二十五岁以后如果还是单身，每年都需要交税，婚后没有子女也要交税。一些普通民众的怒火终于被点燃了。然后他们决定……”

他没有往下说，因为S-3型仿生人又端上来了一杯啤酒。S-3型仿生人被设定为成熟女性的模样。不光是多米诺大厦，在许多服务行业都有她们的身影。

“决定什么？”

“他们决定成立反抗军，因为最初的游行被无视了，一些游行者甚至还遭到了逮捕。他们想要组建一支军队，通过诉诸武力夺回自己应有的权利。反抗军已经初具规模了，上次他们破坏了政府资助的发电厂，造成局部地区停电。现场还留下了搞怪的涂鸦，上面写着——我的子宫是属于我自己的！”

“的确是充满女权主义色彩的言论。”

“我之所以辞职，是因为我也要……”

他进一步压低了声音，没有往下说了。

“我有保守客人秘密的义务，不过你也不需要再说了。我好奇的是你为什么要放弃一份稳定的工作，特别是在大家都为生计发愁的时候。你明明没有窘迫到需要伸张权利的地步。在那些失业后饥寒交迫的民众看来，你过得很好，好到甚至还有点闲钱去嫖娼。”

“小初，这个世界在崩坏。”

说完，他的机械手转动起来，握成拳状的巨大手掌脱落，只剩下光秃秃的关节面。我还没来得及惊讶，他打开了机械手臂上的凹槽，从中拿出了一个小风扇，将其和左手进行了替换。随后缓缓举起手臂，我的发丝也随风摆动。

# 三

我从休眠中醒了过来，静静地坐在床上。据说人类睡觉的时候会做梦，各式各样的梦。关于宇宙、世界的梦；世界上存在的，世界上不存在的；具体的，抽象的，什么都有。按照我自身的理解，其性质和回忆类似。不过我也不明白究竟何为回忆。我只是将我自身的体验储存成了影像，在必要时重新播放一遍。每个仿生人的记忆并不会直接存储在监视台终端上，终端的数据库并没有庞大到可以容纳所有仿生人的记忆，为了数据的完整性，老板并不想采取数据库满了后删除较早时间线记忆的方式。他曾说："就像人类一样，每个仿生人的记忆也是独一无二的。这对我而言很重要，尤其是你所经历的事情。"

仿生人的所有记忆，或者说她们所看到的景象，都被存储在她们脑内那小小的芯片上。它不仅可以使空壳产生灵魂，还能容纳一个仿生人十年的记忆。若有必要，老板可以在终端上直接查询我们的回忆，就像是调取监控一样。曾有顾客提出这侵犯了他们的隐私，甚至觉得老板会通过直播他们的性爱视频来获取额外的利益。我本以为把顾客体验放在首位的多米诺大厦会发出服软的声明，但老板随后的强硬态度告诉了那些男人——来我这里玩，就得按我的游戏规则玩下去。

多米诺大厦的仿生人大多活不过十年，无须等到她们增加额外的记忆芯片，就会在返厂维修后消失得不见踪影。往往过了一个星期后，这里就会多一个完全不认识我的新朋友。以旧换新是老板的常用手段。许多与我熟识的朋友就这么一个又一个地离开了我的世界，与她们拥有相同面孔的仿生人又源源不断地涌入大厦。如果按照人类的标准，那些仿生人只是失忆了而已。多米诺大厦是消除记忆的大门。如果有人来到这里，就会失去自我。是啊，仿生人大抵是失去了自我，或者说本来就不存在“自我”。可来到这里的男人又何尝不是呢，当他们踏入大厦的那一刻，就忘记了自己之前所拥有的身份，其身份统一变成了“嫖客”。反过来说，本就没有“自我”的仿生人踏入大厦的那一刻，她们的身份就变成了“妓女”。所以每当她们从我身边消失时，也就意味着丢掉了这一身份，从某种角度来说确实值得高兴。我本以为我所有的朋友都会以这样的形式离开我，直到有一天我不再和任何人说话。可没想到的是 B-2 型 35 号以那种始料未及的方式从世界上消失了，就在昨天，她全身上下都被破坏了。用人类的话来说，就是被谋杀了吧。

她是在一楼男厕的上锁隔间内被杀害的，头部被完全破坏了，似乎是用某种钝器敲打造成的。芯片是被有意破坏掉的，因此调取不到任何案发现场的影像。零件的残骸到处都是，身体也被切割成了好几段。发现尸体的是之前打过她的人——吉田先生，是和 D 先生完全不同的亚洲人脸型。在多民族融合的现在，他也没有用国际命名法给自己取个名字，而是保留了吉田这个难念的姓氏，据说是从一千多年以前古日本时期流传下来的姓氏，有着深厚的历史。

据吉田的描述，他在上厕所时发现其中一个上锁的隔间流出蓝色的液体，感到困惑的同时又有一些恐惧，便立刻把这件事告诉了负责大厦安保的电子警察。据说发现 35 号尸体时，蓝色的液体还没有凝固。那是仿生人赖以生存的能量来源，被人类称作“蓝血”，储存在仿生人的身体内，储存的位置差不多是人类心脏的地方。每过一个月，我们就需要补充这种能量。

当我第一时间从一楼的画家那里听到这件事时，我本以为作为第一发现人的吉田会被列为首要调查对象，可没想到被警察带走的人却是D先生。虽然35号的芯片被彻底破坏了，但依旧有非常有力的证据指出D先生是凶手。

作为关键证据的是G-1型10号仿生人的证词，她的工作是将大厦游玩指导手册发到每一位客人手中。她在二十二点到二十二点十分都在现场附近工作，可以看到每一位进入卫生间的客人。以下是她的证词：

22:01，D先生从卫生间里出来。

22:02，吉田先生进入卫生间。

22:03，吉田先生走出卫生间。

22:05，吉田先生和电子警察一起进入卫生间。

22:06，吉田先生和电子警察一起走出卫生间。

在这之后，他们一直在卫生间门口等到警察来取证为止。警察从监视台终端调取的G-1型10号仿生人的记忆也证明了这点。

因为“蓝血”的特殊性，它会在接触空气后七分钟内凝固，而吉田先生和电子警察到达现场时“蓝血”还没有凝固。因为现场没人记录“蓝血”彻底凝固的确切时间，只能将35号的死亡时间最多往前倒推七分钟，最终35号的死亡时间被判定在二十一点五十八分到二十二点零五分之间。

警方调取的G-1型10号仿生人的记忆显示，吉田先生当时身着T恤、短裤进入卫生间，根本不可能携带作案工具。没有作案工具也就不可能实施犯罪。而警方调取了所有的仿生人记忆后，没有找到D先生进入卫生间的记录。也就是说，没有人知道D先生是何时进入卫生间的，只知道他在二十二点零一分从里面出来。他有充足的时间实施犯罪，而他那可以替换各种工具的机械手本身就是最好用的凶器，因此成为警察的首要调查目标。在严密的取证调查后，警察在他的机械手上检测出了“蓝血”反应，这证明了在二十四小时内他的机械手曾经接触过“蓝血”。他辩解称这是他在自己实验室做实验时碰到的，却被警方认为是彻头彻尾的谎言。

警方推测D先生的犯罪过程如下：他把35号约到男厕。根据仿生人条约第三条，仿生人不能拒绝客人的请求，除非这会对社会产生危害，所以哪怕是去男厕这样不合理的请求，她也会答应。D先生机械手臂的凹槽内装着许多工具。他先将机械手替换成了锤子，破坏35号的头部；再将其替换成微型锯齿，把她的身体分割成几个部分。之后他将染上蓝血的作案工具清洗掉。因为隔间是上锁的状态，他最后肯定是从隔间里翻出来的，这对高大的他而言是一件轻而易举的事。

D先生对于警方的指控矢口否认，并一再声称自己没有杀害35号仿生人的动机。如果罪名成立，他将面临六年的牢狱之灾，罪名是破坏私有财产罪。仿生人不能算作人，自然不能以谋杀罪来指控他，多米诺大厦的所有仿生人，包括我，都只不过是老板的所有物罢了。

即使铁证如山，我还是察觉到这起事件的诸多不自然之处。当然啦，如果忽略那些疑点，我仅仅只是不相信D先生会是凶手而已。他不可能是凶手。几乎整个多米诺大厦的仿生人都听过他的传闻，他每次来这里都只会点35号。曾经有一次前台的仿生人因为故障返厂，35号顶替了前台的工作。有人建议他可以点其他B-2型的仿生人，毕竟外貌完全相同。可D先生拒绝了这个建议，还在前台和 35 号聊了好久才恋恋不舍地离开。

换作心理学家来评判的话，他们会把 D 先生的行为归结为杀意产生的恋爱冲动，越喜欢一个人，就会越想杀掉她。可 D 先生没有精神疾病，和他聊过天的人都知道。他比大多数男人都要聪明。所以他绝无杀害 35 号的可能。我曾经在推理小说中读到过有关分尸的案件，其中最关键的原因是凶手对受害者有着近乎癫狂的恨意，D 先生不仅没有，还曾经为了保护她和吉田先生大打出手。即使是和他毫无关系的我，也无法给出相对客观的看法。我宁愿相信是吉田先生用了什么诡计把罪名栽赃给 D 先生，为了证实自己的想法不停地逼着自己去思考。

可是……这一切都与我无关吧。无论是 D 先生的事，还是 35 号的事。说到底只是事件的真相不符合我的预期罢了，或者说我不愿相信那就是所谓的真相。并不是为了 D 先生，也不是为了 35 号。只是为了斩断数据库深处产生的矛盾，行动吧，已经没有多余的时间了。

## 四

“我敢说这座城市没有第二个这样的画室了，不，全世界也就只有这么一个画室，皮克曼的画室。”这是老板的原话。但为了让艺术家拥有尽情创作的空间，皮克曼拥有自己改造画室的特权。

“艺术家总有些怪癖，他们总是把天经地义的工作归结于灵感使然。于是他们不知疲倦地从女人、毒品、极限运动中寻找答案，还美其名曰为寻找灵感。这哪里是寻找灵感？这分明是寻找快感！相比那些画家，皮克曼的需求可以说是正常得多了。”这也是老板的原话。

我很难用语言形容皮克曼画室的怪异之处。他的画室并没有怪异诡谲的挂饰，也没有象征着恐怖主义元素的旗帜，更没有只在阴森恐怖的怪谈里才会出现的古怪人偶。事实上，在我看来，他的画室再正常不过了，只是相比其他画室，其形式太过特殊了。

皮克曼的画室是整个多米诺大厦里最大的房间，虽说入口在一楼，但其高度占了整栋楼的三层之高。无数特殊材质的细长管道从光滑的地板上直冲天花板，每两个透明管道成一对，两个管道的中间固定着他心爱的画作，总是在整个房间内缓缓地上下垂直移动。因为机械的驱动，他的画室永远处于一种动态的美感中。

“小初？你终于想好要当我的模特了？”

皮克曼往画板上又添了几笔，直到满意后才看向我。

“我不是已经当过你的模特了吗？”

我看向他那苍白到近乎病态的面庞，那张脸总会让人想到旧时因为营养不良而日渐消瘦的人类。

“嘿嘿……那是好久之前的事了。现在你不是换了发型了嘛，可以重新画一张。”

他看向角落里摆放的杰作，那是整个房间唯一处于静态的画。画上的少女低着头，神情哀伤地看着捧在手中的折翼鸟儿。

“每次看到你的那幅画作，我都觉得你把我画得太像人类了。我的情绪远没有那么丰富，我只是按照你的要求调整了控制面部的精细零件从而摆出合适的姿态。”

我满不在乎地说道。

“早在一千年以前，人类就发明了相机。只要咔嚓一下，就可以将所见之物记录在内。那你觉得为什么我还没有失业呢？你不用回答，我来告诉你。因为我在创造相机无法记录的艺术。艺术无须在意其真实性，你只需要从中感受美就可以啊。看啊，这精妙无比的透视，这完美的人物比例，这衬托出少女美感的阴影与线条。小初你这么聪明，一定明白我在说什么吧。”

结束了演讲者姿态的解说后，他细长的指甲在画板点了点，发出了很有节奏的敲击声，全然不理会我的感受，进入了沉思的状态。

“你在画什么？”

我朝他走近了些，画板上出现了一个女人残缺的面部，那是他还未完成的作品。

“家用型服务仿生人的肖像设计，多米诺大厦的销售区不是摆着许多嘛，主要提供给家庭，所以制作也更精良。这周结束前就得画完。他们到底有没有搞错啊，我跟用电子手段作画的新生代画师可不一样，在画板上作画需要耗费更多的时间和精力啊。希望这次的仿生人制造商不要再催我了。再说了，这哪里是什么家用型服务仿生人。那些男人就是想要一个身材完美的性奴隶，顺带包揽整个家务。虽说我早就习惯了，可每次只要一想到自己的创作被用在这种下三烂的地方，就感觉自己的作品受到了亵渎。可是这年头能吃饱饭就不错了，艺术追求什么的本就是虚无缥缈的幻象。小初你说是吧？”

我点了点头，相比附和他的观点，还是无声的赞同更讨喜吧。

“我今天来是想了解一下昨天发生的事。”

皮克曼皱起了眉头，也不知道是因为画作的进度而烦心，还是因为我的问题感到困扰。他叹了口气说：“凶手不是查到了吗？D先生已经被警察带走了。”

“我想知道在案发之前，D先生和吉田先生在大厦里做了些什么。”

“做了什么？你难道怀疑D先生是被冤枉的？他机械手上都检测出了蓝血反应。不会有错的。天哪，我以我伟大的艺术家灵魂担保。要以他的故事来进行二次创作真是再合适不过了。人类和仿生人相爱，虽然是个无比老套的题材，但是加上因爱生恨后的分尸可就有意思多了。让我再琢磨琢磨，等手头的垃圾工作忙完后一定要去画。不过要说到相关的题材，我之前好像就画过。”

说着，他双手挥了挥，巨大的虚拟面板出现在我们面前，上面显示着整个房间的湿度、温度以及含氧量，还包括每个画作的编号。他轻轻地戳了一下面板上的四十二号，只见其中一个画框的周围亮起了红色光芒，正沿着两个透明的管道缓缓落下。

“我今天来不是为了看你的作品的，况且我对这种题材的画作也不感兴趣。就连这种类型的电影我都看了无数遍了。”

我摇了摇头，示意他停下手上的动作。

“好吧，好吧。看在你是这栋大厦内为数不多愿意找我这个怪人聊天的小家伙的分儿上，我就原谅你对我艺术的偏见了。我去泡壶茶，我想你应该也渴了。哦，抱歉。忘记仿生人条约了。不过你要是想喝的话我会替你保密的。”

“我比你想象中更有原则，皮克曼。我没有味觉，也没有喝茶的必要。”

他无奈地耸了耸肩，留下一个消瘦的背影走出了画室。大约过了三分钟，他拿着茶杯回到了自己的画室。

“虽然我不知道你为什么要深入地了解这件事，但是我敢肯定制作你的芯片程序的人一定是个天才。你迫切地想要理解你所无法理解的事，你也认为你有知道事件真相的必要，换言之，你比其他仿生人更有人情味，也更像人类。所以下次画你的时候，我要把你画得更像人类，身上的机械感得再减少些。”

“我答应下次当你的模特，快跟我聊聊昨天的事吧。你还知道些什么呢，亲爱的画家先生？”

我露出了微笑，并不是示好，而是警告他我的耐心值要到极限了。

“那就算了，下次再让你好好欣赏我的画作。”

似乎是为了表达他的不满，他让那幅画在空中转了三百六十度才停下。过了一会儿，画又恢复了往常的运行轨迹。

他将茶杯里的红茶像啤酒一样一饮而尽，咳嗽了几声继续说：“D 先生嘛，昨天一早就到了大厦。不过没有直接去找 35 号，反倒是去了销售区。销售区的仿生人有的也认得他。据说他当天买了一个 AI 投影，和 B-2 型仿生人的程序相同的那种。他向负责销售的仿生人透露自己可能有段时间不能来大厦了，才买了 AI 投影排解寂寞。这在单身男性的客户群体中十分常见。可是他的话在我看来就好像是犯罪宣言一样。”

“他应该是有其他想做的事，不过就算是买家用的 AI 投影，他还是选择了和 B-2 型仿生人同样的型号，这更证实了他是个痴情的人，不是吗？”

我打断了他的话，脑海内浮现出之前 D 先生和我说过的话——小初，这个世界在崩坏。

“吉田是晚上六点左右来的，背着个大大的登山包。他将登山包寄存后就去寻欢作乐了，奇怪的是这次他点的还是 35 号，明明之前发生了那样的事情。不过他的动机我也可以理解，35号在房间内似乎受到了虐待，这种事情在多米诺大厦很常见。仿生人没有痛觉，所以没人会在意她们的感受。吉田先生从房间出来后就撞见了D先生，两人一见面气氛就剑拔弩张，差点儿又要打起来。”

“之后呢？”

“之后35号来拉架，D先生这才作罢。后面的事你应该都知道了。35号被发现死在了一楼的男厕里。或许是大家都在工作的原因，没有人看到她是怎么进入男厕的。你也知道，仿生人的工作区域遍布一层到十层。顾客越往上走，仿生人的价格也越高，所以一层的顾客往往最多。既然大家都在工作，没人看到她也属于意料之中。毕竟多米诺大厦没有监控，这是多米诺大厦保留下来的为数不多的传统了。老板觉得遍布整栋大厦的仿生人就是最有力的监视器，但这次事件之后情况应该会有所改观吧。”

长期处于十层的我对一层的情况并没有太多的实感，我只知道同伴们比我忙得多。因为在经济危机时期，我曾遇到过连续一个月没有工作的情况，哪怕是现在，一个星期最多也只接待三位客人。并不是因为有什么明文规定，而是和我共度一晚的价格99%的人都承受不起。这并不是值得引以为傲的事情，也不是值得吹嘘的才能。不过人类对才能的要求倒是意外的宽容，你只要拥有一项出众的才能，大家都会爱屋及乌似的认为你是全能的。

见过我的客人往往在称赞我的美貌后，也会对我的学识表示赞赏。可是我所接受的知识，只不过是一瞬间的事而已，和人类长年累月的积累完全不同。缺少学习过程的知识，还能叫知识吗？那么，缺少恋爱过程的爱，还能叫“爱”吗？

“皮克曼，你认为单凭做爱这一行为，能产生人类意义上的爱吗？我指的是双方相爱坠入爱河，而且对象还是个仿生人。”

“小初，你应该也明白。所谓真理是在一次又一次的实践中才能得到结果的，你想明白爱情是否会通过做爱产生，那不如我们俩……”

我能从他的眼中感受到下流的目光，不过那是他故意表现出来的。明明是个艺术家，却总爱说一些没品的笑话。

“我倒不反对，可你一年的工资会在一个晚上化为泡影。”

我笑着回应，注意到他的脸色在一瞬间变得难看起来。

“还请艺术女神原谅我，刚才纯粹是我不着边际的玩笑话。真要说起来，爱情这种东西本质是性冲动产生的。从某种角度上来说，做爱这件事直击了爱情最原始的目的，达到了爱情的本质。那么通过做爱产生爱意不是再正常不过了吗？”

“哼，还真是不折不扣的雄性生物的思考模式，我还以为艺术家能有什么高见呢。”

我露出不屑的表情，对皮克曼的回答嗤之以鼻。

“哎呀，小初，你可真是误会我了。人类总是喜欢把自己的灵魂和肉体区别开来，可我宁愿相信艺术女神的存在也不愿相信灵魂的存在。你要知道，出轨男人的辩解方式有许多种，可是最常见的回答是：我那天喝醉了，只是和她做爱了，跟她只是肉体关系，我并不喜欢她。每到这个时候，男人就会把自己的灵魂和肉体分开。这种不折不扣的谎言直到现在还有大量的女性愿意相信。难道她们不知道？正是因为有了肉体人类才会拥有灵魂，所以不存在没有性的爱情，也不存在没有爱情的性。”

“所以在你的眼里，一夜春宵也是爱？”

“无论是短暂的、长久的，还是一瞬间的。那些都是爱存在过的时间。”

“那你认为 D 先生爱 35 号吗？”

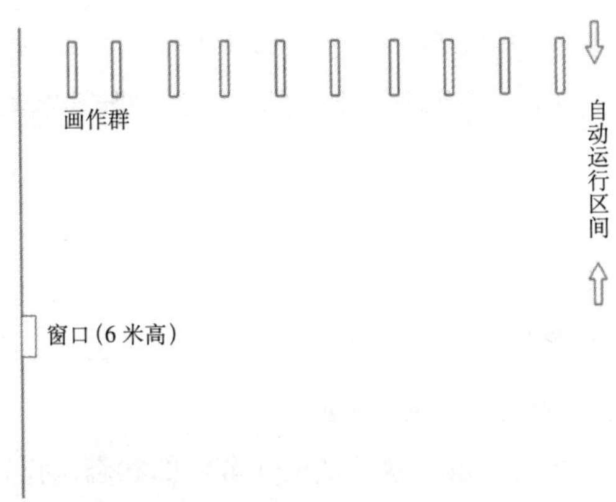


图一 画作群上下运行轨迹（侧视图）

我终于抛出了我真正想问的问题。

“小初果然会对人类的爱情产生了疑惑呢。我认为他是爱 35 号的，只不过他的爱有那么一点畸形。畸形的爱会产生许多不可控的因素，最后导致悲剧的发生。但不管怎么样，就像我之前所说的，那也是一种爱的方式。”

“皮克曼，这就是你作为艺术家，而我只是个仿生人，二者之间最大的区别。我的固有观点并不会因为他人的三言两语而改变，我始终认为爱一个人就要保护她，而不是让她受到伤害。”

“不光是仿生人，人类也一样。我们一出生就是带着某种偏见存在的，其中大量的偏见会被我们一同带入坟墓，不见天日。但总有人会继承我们的偏见，这个世界就这样亘古不变地循环着。”

“非常感谢你的回答，皮克曼。哦，不，是伟大的艺术家，你就在这里继续作画吧，我会按照我的偏见继续思考下去的。再见！”

“那你下次要当我的模特啊，小初！”

我不作回答，头也不回地走了，任凭他的喊声响彻整间画室。

## 五

我在酒吧的沙发上呆坐着，完全没有理会 S-3 型仿生人善意的提醒。“小初，仿生人不能饮酒。”

我并非想要买醉，也无法进入醉酒的状态，我只是想找个没有人的地方静静地待会儿。我讨厌自己的房间，只有在必要的工作时才待在那儿。据说人类在独处时总会灵光闪现，我正是怀着这样的想法才在这空无一人的酒吧里坐下的。

理论上有作案时间的只有两人，如果凶手是 D 先生，他为何要杀害 35 号，又为何要将 35 号“分尸”？从凶手把隔间锁上的这一行为来看，凶手希望隐藏自己的犯罪，至少希望自己的犯罪晚一点被人发现，那既然都把 35 号分尸了，为什么不把她的身体全部冲进下水道呢？现代卫生间的构造已经不是五百多年前的马桶了，几乎不可能发生堵塞的现象。哪怕把 35 号的头部冲进下水道也轻而易举。这和凶手想要隐藏自己犯罪的事实形成了矛盾。

如果凶手是吉田先生，那么他杀害 35 号的动机显而易见，因为上次的事件想要对她施加报复，也因为仇恨将 35 号“分尸”。可是他没有作案要用到的凶器和作案时间。如果他想要杀害 35 号，那必须先让 35 号进入男厕，之后他再带着凶器进入。就算 35 号听了他的话一个人先去了男厕，他也不可能完成犯罪，因为他不可能带着凶器进入。最关键的问题在于，他同样可以把 35 号的身体分解后冲入下水道。为什么他没有这么做呢？

“除非凶手的目的就是想要尸体被人看到！”

我情不自禁地说了这句话，完全没有注意到吧台的 S-3 型仿生人投来诧异的目光。

“小初，怎么了，突然说出这么吓人的话？”

看起来她好像是被吓到了，她应该只在醉酒的客人那里听到过类似的自言自语。

“你叫什么名字？”

“我是 S-3 型 14 号。之前的 13 号仿生人返厂维修了。”

说着，她举起了右手，上面的仿生人标识正闪着幽幽的蓝色光芒。我调整了视距，看清了亮着光芒的数字：14。

“我叫小初。”

我举起手回礼。

“所有仿生人都认识你。不用介绍了。小初你刚刚在说什么啊？”

她说话时，那头亮丽的乌黑长发总是在吸引我的视线。相比这里的酒，来到这里的客人应该对她更感兴趣。哪怕是再资深的酒鬼，也想在喝酒时找个伴聊天吧。

“你认为充满正义感的人会做出违背道德的事情吗？”

事实上，我应该尽量避免问其他仿生人类似的问题。她们的思维有时比我想象中还要简单。

“充满正义感的人？”

她歪着头，呆呆地看向天花板镶满水晶的吊灯。这样的姿态持续了好一会儿才继续说道："至少我觉得见义勇为的人自己是不可能去当恶棍的吧。"

"14号，你的说法的确是成立的。可惜这个世界上几乎不存在见义勇为的人了。"

"小初没有听说过D先生的事吗？那难道不算见义勇为吗？"

"D先生并非出于正义感，而是出于爱吧。你对见义勇为有误解呢。"

"小初也觉得D先生是凶手？"

"正好相反，事实上我正在思考这起案件的真相。"

"真相啊……"

她叹了口气，和我说话时也不忘清理堆积在一旁的酒杯。

沉默在我们之间持续了很久，直到所有的酒杯被摆放整齐，她才慢悠悠地开口说："真相对于小初而言很重要吗？那不是警察应该关注的吗？我们只需要做好本职工作就好了。"

"你不好奇吗？"

"好奇什么？"

"好奇事件的真相，我无法忽视数据库中产生的疑问，它会在某天导致内部程序错乱。我经常会这么想，所以每次遇到无法理解的事，我总会去思考为什么。"

"小初还真是特别呢。昨天的事你大概也听说了吧，几乎所有的仿生人都对此津津乐道。我听说现场有大量的蓝血，那场面想起来都觉得恐怖。"

"你知道为什么人类把仿生人的能量来源设定成蓝色的吗？据说那原本是红色的，为了和人类的血区分开来才被设定成了蓝色。这样会省去不少麻烦。"

“看来真没说错，其他人也都说你懂得多。那么蓝色会比红色更加显眼吗？”

“硬要说的话，对于人类而言，肯定是红色更加抓人眼球。但是这和……等等，蓝色显眼……既然凶手刻意分解了35号的身体，那蓝血一定有其特殊的用途。蓝血在现场有什么作用呢？”

我站起身来，在酒吧里来回踱步。

“有时候会觉得小初很像人类呢，不，准确地说并不是像，而是仿佛就是人类一样。”

“蓝血确定了死亡时间，这排除了吉田先生的嫌疑。那么他到底是怎么做的呢？”

我开始回忆起看过的推理电影中所有侦探的思考方式，也期望自己可以通过思考达到真相的彼岸。

“怎么做的？”

14号的目光一直停留在我的身上，表现出了前所未有的疑惑。

“如果35号的死亡时间在二十二点之前，那么他是怎么让真正的死亡时间延后的呢？”

“延后？蓝血？怎么做的？”

14号呢喃着，毫无意义地重复着我之前说过的话。

“对了，蓝血就是用来延迟死亡时间的手法。这也是为什么凶手必须要分解尸体。正是因为蓝血的存在，35号的死亡时间才会被判定在那七分钟内。实际上……”

“实际上什么呀，小初你快说呀。”

“凶手是吉田先生，他首先要求35号和他一起去男厕，因为是顾客的要求，恐怕35号也不会拒绝，最多也就是认为他有什么特殊的癖好。然后吉田在隔间内用钝器袭击了35号，破坏了其头部以及头部内的芯片。没有了芯片，35 号也就失去了行动能力。吉田先生把隔间锁好后，确保这段时间没有人会发现尸体，便从里面翻墙而出。接着他在可以看见男厕的位置观察，再次进入卫生间需要满足两个条件：一、有仿生人在卫生间周围逗留充当监视器；二、在他进入卫生间之前，有其他人先一步进入。

“实际上那个被嫁祸的人是谁都可以，只是不知道他是否有意为之。他专门挑了 D 先生从卫生间出来后的那段时间再进入。D 先生理所应当成了警方首要怀疑的对象。他再次进入男厕后，迅速地爬入隔间内，用激光也行，用链锯也罢，都可以达到分解 35 号尸体的效果，最后再把所有的凶器冲进下水道，从卫生间里出来找电子警察求助。”

“可是，吉田先生那个时候不是没带凶器吗？他是怎么做到的呢？”

从刚才起就一直在认真听我解释的 14 号终于提出了她的问题。

“根据画家的说法，吉田先生当天带了一个登山包，他只要在第一次去现场时把凶器带进去，破坏 35 号的头部后，把凶器放在 35 号的尸体旁就行了。因为隔间上锁的关系，尸体和凶器都不会被人发现。等到第二次进入男厕，他再利用凶器切割 35 号的身体，让她机体内的蓝血流出。吉田恰恰是利用了蓝血会在七分钟内凝固的特殊性欺骗了所有人，推迟了 35 号真正的死亡时间，达到了把罪名嫁祸给 D 先生的目的。”

“原来是这样啊，竟然是为了这样的原因分尸。35 号实在是太可怜了。”

“我之所以用尸体和分尸来表述，是因为这样比较方便。相比人类，那只能叫机体，而不能叫身体，自然也没有所谓的死亡。这个世界上每天都有仿生人受到这样的待遇，在黑漆漆的老旧工厂内，因故障报废的仿生人分解下来的零件会被废物利用，重新回报这个社会。所以无须感到悲伤。”

“小初又说了我不懂的话，不过我们存在的目的的确是为了造福人类社会呢。”

“是吗？我认为我的存在即是无意义。”

我摇了摇头，如果是在影视剧里结束了长篇大论的硬汉刑警，他一定会在此刻酣畅淋漓地饮下一杯啤酒的。我想尝试一下，话刚到嘴边又咽了回去，这样做又有何意义呢——对于没有味觉的我而言，对于身为仿生人的我而言，对于不是人类的我而言。

我愣住了，回过神来时发现14号一直盯着我。黑色的眸子闪烁着期待的光芒，脸上浮现出预设程序里的招牌微笑。我曾觉得所有仿生人的微笑都一模一样。白驹过隙，时光流转，现在的我只觉得那份笑容里藏着说不出的寂寥。

“酒。”

我重重地说出这个字。

“小初，仿生人是不能饮酒的。”

“Souls Blood。”

“那……到时候要是老板怪罪下来，我就说是你强迫我的。”

她回到了吧台，熟练地摇晃起了酒杯，她的动作比我之前见过的调酒师都要专业。

“小初，没想到你会选这么烈的酒，好多客人点完这杯都醉得不省人事。”

她把酒杯轻轻地放在我的面前，用手托起下巴。我不知道她是在观察我，还是在观察那一抹血红色的液体。

“能给我讲讲这杯酒名字的来历吗？”

事实上我知道这杯酒的来历，所有的鸡尾酒我都能叫出名字。我只是想多和她说说话。

“我也是听说的，之前有个前辈调制出这杯酒。它血红的颜色几乎吸引了所有客人的注意。其中一个客人自告奋勇地率先品尝了这杯酒，也不知道是真的让人难以接受，还是那位客人的表现欲在作祟，他喝完以后身体不断抽搐，随后喊出：‘啊，我的灵魂都被抽走了！’调酒师听到后，觉得这是种赞美，便将其命名为 Souls Blood。”

“人类还总是爱把灵魂挂在嘴边呢，到底什么才是灵魂呢？至少我们不可能拥有吧，我也不可能拥有。”

我喃喃自语，将杯中的酒一饮而尽。和之前一样，我感受不到任何温度和味道，只有视野中突然跳出的虚拟面板闪烁着四个大字：机体受潮。

## 六

我不知道是缺少实质性的证据，还是警察听了我的推理后改变了看法。D 先生在几天后被放了出来，倒是吉田重新变成了怀疑对象。

D 先生再次见到我时向我表示了感谢，不过他今天来多米诺大厦的目的并非感谢我，而是取走之前购买的商品——AI 投影。他被警察带走后，AI 投影一直寄存在这边。我本以为他没机会拿走了。

他握着那白色的卡片向我道谢：“小初，谢谢你。我差点儿以为自己出不来了呢。”

因为酒吧坐满了人的缘故，我们在游戏厅里找了个地方坐下，这里放着与现在流行的VR游戏不同的老式街机，因此才无比冷清。或许是在监狱里待了几天的缘故，没刮胡子的他比原来显得更沧桑了。

“不用向我道谢，我只是把我想说的全都说出来了。”

“我想玩会儿游戏，你要看我玩吗？”

“今天没有客人预约，我没有工作。”

整个游戏厅只有每台街机的屏幕上闪闪发着光，照亮了他黝黑的脸颊，也给漆黑一片的房间提供了微不足道的光源。

“所有游戏都在让我去玩它，但我只喜欢这一个。”

他在一台名叫《稻草人》的游戏前坐下，开始了他的冒险。在他游玩的过程中，我也大致了解了整个游戏的剧情。

农家女艾莉每天都会照料田野，给农作物施肥，在结束了一天的劳作后也不忘给稻草人换上新衣服，和它说话。稻草人从不回应她的话语，但是在一次又一次地聆听后学会了人类的语言。它不敢开口，觉得天空中的太阳都不如她那头金发耀眼。因为害怕被女孩讨厌，它选择保持沉默，日复一日地为女孩驱赶破坏田野的鸟儿。无论烈日，无论下雨，它都恪守本分，履行着属于自己的义务。

直到有一天，从地底诞生的魔物将艾莉抓走了，魔物们将艾莉当作贡品献给了魔王。稻草人为了追寻失去的太阳，踏上了寻找她的旅程。

D先生玩游戏时沉默不语，聚精会神地盯着快速闪烁的画面，机械手不停地转动着摇杆。他应该已经玩了很多次了，因此比大部分人都要熟练。虽然在他玩游戏时提问非常扫兴，但我还是想问他关于 35 号的事。

“你爱 35 号吗？”

话音刚落，D 先生出现了明显的失误，画面左上方的血量迅速减少了。

“没有心就无法恋爱。”

他平静地回答我，我不知道那是在说稻草人，还是在说 35 号，抑或是……

我不知道该以何种方式回应他，于是便沉默下来。直到在第一关的关卡结算界面出现后，他扭头看向我说：“我在说我自己哦，不是在说她。”

“你没有心？那 35 号有吗？”

这次换他沉默了，沉默像是一种病毒在我们之间传播。

不知道过了多久，D 先生终于通关了。画面上出现了迟来一步的稻草人，还没来得及和心爱的女孩告白，就看到她沦为魔王的祭品了。稻草人在打败魔王后看到了跳动的心脏，它被心脏所诱惑，将其据为己有，被心脏侵蚀的它成了下一任魔王，画面出现了“THE END”。

D 先生叹了口气，终于把视线再次转向我，眼神里透露着些许无奈。

“稻草人为什么那么渴望心脏呢？”

我看着屏幕上滚动的制作组名单出神地问道。

“没有心就无法恋爱。”

他再一次重复了刚才的回答。

“它想要成为人类吗？”

“当它产生了想要去拯救艾莉的心情时，它就比人类更像人类了，只不过它永远只能是个稻草人。”

“为什么？”

“因为它没有心。”

令人困惑的对话持续着，我觉得我并没有大家想的那般聪明，许多事情我还是一知半解。

“你觉得 35 号对你的感情是爱吗？”

“小初，我想你应该明白，那只不过是预设的程序。她对所有客人都一样。”

“购买 B-2 型的 AI 投影就可以缓解你的伤感了吗？”

“毕竟程序都是一样的。和 AI 投影对话就感觉和 35 号在对话一样，对我而言并没有什么区别。”

“那么，和我做爱吧。”

我用略带魅惑的口吻说出这句话，他一瞬间愣住了，脸上浮现出复杂的表情。我没有再说话，而是顺着屏幕照出的光亮找到了他的皮带，可是我一碰到他那里，就被他制止了。

“小初，别这样。”

他用力地推开我。或许是用力过猛，我就这么倒在了冰冷的地面上，我看着他，露出了胜利者持有的笑容。

“将军了。”

“小初你在说什么？”

“凶手是你吧。”

在那一瞬间，他显得有些错愕，不，那是比错愕更为复杂的表情，恐惧、怀疑，以及悔恨。

“小初你真会开玩笑。”

他恢复了镇定，做出了微弱的反抗。

“因为你说的话和我数据库记录的内容产生了矛盾，我一直在想，你为何要杀掉 35 号，你明明那么喜欢她。可今天你却否定了这一点。你认为所有的 B-2 型仿生人都可以代替她，或者说其他的仿生人都可以代替她。你为何要说谎呢？”

“我没有说谎，这就是我的真实想法。”

他那巨大的机械手用力地敲了敲街机上的按钮，表达了他的愤怒。

“那为什么不愿意和我做爱？你不是很想和我做吗？”

我再一次靠近他，在距离他一厘米的地方停下，双眼直勾勾地盯着他。

“你太贵了，我付不起。”

“这次不要钱，我会和老板说的，只不过一次免单罢了。”

“小初！你想做什么？”

“我想知道真相。我不允许我的数据库产生矛盾。”

屏幕上的制作组名单已经放到了最后，而我们的战争才刚刚开始。

“我不是凶手。”

“从一开始我就在想你杀害她的动机，我怎么都无法理解这件事。直到现在，我终于明白了。”

我将视线转到 AI 投影上，他似乎是意识到了什么，将它重新拿回了手里。

“35 号，她在那里面吧。她的灵魂寄居在那儿了吧。”

他沉默了，似乎是默认了我的说法，于是我加强了攻势，继续说道：“你之所以在那天购买 AI 投影，是因为要替换它和 35 号的芯片。留在现场被破坏的芯片其实是 AI 投影的，35 号真正的芯片被替换到了这张白色卡片中。两种芯片型号相同，都是 B-2 型，更何况现场的芯片被敲得粉碎，根本无法辨认。你在芯片加工厂积累了大量的工作经验，替换芯片这种事情对你而言简直是轻而易举。”

“那只不过是你的想象罢了。”

“是不是我的想象，启动 AI 投影不就知道了吗？你只需要轻轻按下白色卡片上的启动键，这里就会多出一道投影。”

他又沉默了，不再看我，转而轻抚起白色卡片的表面。

“你专门挑了没有仿生人监视的时候带着她进入男厕，本身就十分相信你的 35 号自然对你言听计从。至于你为什么要分解 35 号的尸体，是想把它伪造成仇杀吧，这样就可以把嫌疑转移到其他人身上，比如说：吉田先生。可是你犯了一个致命的错误，你从男厕出来时没有留意周围的情况，被某个仿生人看到了。直到这里，我没有说错吧？”

他笑了起来，那笑声在我听来满是苦涩，但我并不想给他喘息的机会。

“我不会把这件事告诉任何人，就算顾客违反了法律，若没有对人类造成实质性伤害，保护客人的秘密优先级更高。仿生人条约里的补充解释里有这条。从某种意义上来说，你是个好人，D 先生。你知道在一年后我们都要面临销毁的命运，所以才想拯救她不是吗？虽说多米诺大厦经常会有人把仿生人买回家，但是对你而言那价格实在过于昂贵。于是你换了种方法拯救她。你选择了相对便宜的 AI 投影，将两者的芯片进行替换。如果我的推理正确的话，你真是一个不折不扣的纯爱党。”

就在那一瞬间，我瘦小的身躯被他包裹住了。他似乎正用力地抱着我。虚拟面板上显示的机身湿度突然增加，他是……在哭吗？

“我……我……没有心……才会做出……那种事。把她的身体……弄成那个样子，我也不想那样的。”

他哽咽着，断断续续说出这段话。我学习人类安慰朋友的方法，轻轻拍打他的背部。我未曾想过他会如此失态，于是我的数据库也再次发生了改变，上面有了一行新笔记——再坚强的硬汉也有脆弱的时候。

我脑海内不禁浮现出 D 先生在阴暗狭小的隔间将心爱之人的面部化为尘土，随后机械手上的锯齿又进一步分解心爱之人的身体，那时的他到底是怎样的心情呢？即使他就在我面前，即使他当面告诉我，我可能永远也无法明白吧。

“你已经做得很好了，正是因为你所做的事，她的未来会以另一种身份继续下去。”

我不知道过了多久他才停止哭泣，我想所有的客人应该都陷入了甜美的梦境。这里只有街机的屏幕上还亮着微弱的光芒，也只有他还清醒着。

“我该走了。”

他脸上的泪水已经干涸。

“没有心就无法恋爱。”

我重复了他刚才说过的话，将那张白色的卡片递到了他的手上。

“谢谢你。”

他露出真诚的微笑看着我，也不知道在他的眼中，我是否拥有“心”呢？

# 间章　皮克曼的自白

从我记事起，就没有传统意义上的童年回忆。请不要误会，我并非诞生在落魄的贫民窟。贫民窟的儿童能不能活到成年都是个未知数，若是在贫民窟长大的女孩，还没等到成年就会被送去卖淫。相比她们而言，我能安然无恙地活到成年已经非常值得感激了。若是做出这番解释的话，又难免会有人怀疑我是否受到了家庭暴力，在父母的阴影下度过了自己悲惨的童年。事实上并非如此，父母从来没有打过我，家里虽说算不上大富大贵，但好歹也是衣食无忧的水平。只不过若有人和我提起童年相关的事，我的脑内只会浮现出画，各式各样的画，父亲并不喜欢抽象的画，所以他的画大多是以风景和人物为主。

父亲是一个天生的画家，一个自傲的画家，一个废寝忘食的画家，更是个不折不扣的画家。

他在画画时会忘记一切，忘记时间，忘记进食，甚至忘了还有我这么一个儿子。我的关心他充耳不闻，母亲送到面前的饭菜会被他无视，只要他在作画，他就活在他自己的世界里。

母亲之所以任劳任怨地照顾他，是因为欣赏他的画作。两人认识的契机是因为父亲举办的个人画展，在电子作画成为潮流的现如今，在纸上作画的老派画师少得可怜，举办个人画展的更是凤毛麟角。我曾问过父亲为什么不尝试电子作画，那既方便又快捷。父亲总说："靠那种方式量产的只有垃圾，而非艺术，甚至还不如在纸上随便泼洒颜料的印象派画师。"

总之，母亲在画展上和父亲一见钟情，她欣赏父亲的画作，即使并不了解父亲画家之外的生活，也很快和他结婚了。是的，母亲欣赏他的画作，也理解他的画中潜在的魅力。只有我不理解，我在幼年时不仅不理解父亲的画作，事实上他所有的画我都无法理解。无论怎么看，那都是各种各样的颜料和线条组合在一起的产物而已。我不明白，也不想明白它被称作艺术的原因。直到有一天，父亲开始强迫我学习绘画，我的噩梦便开始了。如果这么说，大家一定会认为我的画作十分糟糕，或者说我的学习过程十分痛苦。我并非认为我的画作糟糕到那种程度，也未曾在学习绘画时感到过丝毫的不悦。事实上我画得比大部分同龄人都要好，至少父亲总说："你是我教过的最有天赋的画师，真不愧是继承了我优良基因的孩子呢。"

父亲从不说谎，至少在艺术方面从不。可即使经常从父亲那得到正面的反馈，我也无法从绘画中感到所谓的美感。如果我向普通人吐露我真正的心声，他们只会认为这是大师的谦虚罢了，甚至带有嘲弄没有才能的画师的意味。也曾有朋友和我说过："皮克曼，你需要分给我你 10% 的天赋就行了。"

我这时总会回答："我没什么天赋，那充其量只能叫作才能而已。"

朋友们对我的反应大多表示了不满，我知道不愿承认自己拥有天赋是对普通人的鄙视。可说到底拥有天赋的人不都应该明白自己在做什么吗？

拥有运动天赋的人，一定明白在赛场上奔跑的意义。

拥有音乐天赋的人，一定明白每一个音符律动的意义。

可我不明白，我什么也不明白。我只是在画板上挥洒颜料罢了，就和在墙壁上泼洒油漆的劳动型仿生人没有本质的区别。我并不知道他们为何对我的画作表现出高度的赞誉，我小时候不懂，长大后也无法理解。所以我拥有的只是绘画的才能，或者说我擅长绘画。至于所谓的天赋，我未曾半点拥有过。

我也曾为此苦恼过，甚至有段时间放弃了绘画。我在这座城市的大街小巷转悠，如果是其他画师，会美其名曰"寻找灵感"。我并非在寻找灵感，正因我自认为是个合格的画师，才知道自己在漫无目的地闲逛。可是以那样的心态在闲逛，恐怕也与流浪无异了。我路过人造的林间小路，偶尔坐在早就被重工业污染的湖边打盹，时而在快餐厅吃着廉价的食物，时而与没有家的野猫一同入睡。我突然觉得自己厌倦了人类社会，人类社会就是一幅庞大到无形的画作，我无法描绘那么丑陋不堪的东西。可就连我自己也变成了他们中的一员，我在花街柳巷中流连忘返，忘记了自己画家的身份，不假思索地接受了自己的新身份：嫖客。如果说你们认为我在寻找灵感那也无妨，这样的确能让我自己好受些。可是我最大的优点便是无法欺骗自己，那些女人虽然外貌不同，但都千篇一律。一旦知道我是个画画的，就纷纷让我为她们画肖像。她们拿到后往往会大肆炫耀，以此来满足她们微不足道的虚荣心。说实话，我无法从她们身上获得任何和"灵感"有关的东西。我原本以为会在纵欲过度中结束自己的一生，直到政府颁布的法令，禁止女性卖淫，取而代之的是仿生人接手了她们的工作。我一时间竟找不到栖身之所，便再一次开始了"流浪"。我原以为自己会饿死在街头也说不定，身上的积蓄已经所剩无几了。

那是十二月的末尾，年终之际，霜雪带走了这个世界最后的温暖。只有在这种时候我才开始羡慕起义体改造人的身体，他们无惧疼痛，更不怕寒冷。只可惜我是个画师，我的自尊心自始至终不允许我用机械手作画。那是对古老艺术的不敬，是对艺术女神的亵渎。我的生存本能告诉我得赶紧找个暖和的地方待着。我抬头望向飘着鹅毛大雪的天空，正准备感慨命运的无常时，一个巨大的电子广告牌吸引了我，上面写着冲击力极强的一行字——即使人世间再多严寒，多米诺大厦依旧温暖。那时的我并不知道多米诺大厦存在的意义为何，只是那道在黑夜中闪耀的文字的确打动了我。因为离得太远，我甚至以为自己看错了。真是如同幻影一般的文字啊。为了追寻那虚无缥缈的幻影，我在雪地里踏出一道属于自己的足迹，最终来到这栋圆形塔式建筑前。

门口衣着亮丽的年轻少女们欢迎了我，我就在那时察觉到她们和普通女人不一样的气息。有什么地方不一样，随后我终于意识到了，她们面部几乎都是圆形，可我却没有感到不适，在这个庞大的圆形塔式建筑内，我从她们身上感受到了异样的美感。

在我明白了多米诺大厦存在的意义后，我挑了一位眼角有颗痣的仿生人度过了美妙的夜晚。可等到第二天醒来才发现，我身上所有的积蓄不足以支付那一晚的开销。我感到十分窘迫，便提出想要赊账的想法。和我共度一晚的双马尾少女为我引见了多米诺大厦的主人，也就是这里的老板。或许是老板发觉我的气质和普通的嫖客不太一样，便问起我的职业。

“你是做什么的啊？”

“姑且算个画家。”

“哦？是个画家，那给我画幅肖像吧。如果让我满意，这单就给你免了。”

我开始感到有些害怕，即使要我赞美老板的外貌，我也很难找到合适的词语。那是张与帅气无缘的脸。说实话，他是我所见过的最丑的人，仿佛世界上所有的邪恶和污秽都被他吸纳了一般，我有一瞬间认为自己见到了来自地狱的怪物。这绝不是玩笑，若是小孩在深夜中看到他突然出现，绝对会被他脸上的赘肉吓得魂飞魄散，就连大人都会被他阴森的笑容吓得毛骨悚然。作为一个艺术家，我早该抛下以貌取人的偏见，直到遇到他，我开始认为我原有的偏见并非没有道理。

我直冒冷汗，浑身发抖。我开始思考是否要在画作上对他的容貌加以修饰。可是如果这让他觉得和本人不像该怎么办？已经没时间思考了，不知何时已经有仿生人为我拿来了画板和颜料。

“请吧。”

老板说出这句话时，脸上的笑容越发地让我觉得恐怖。只是无论怎么样的妙笔都无法画出我内心的恐惧，就连我自己也不能。我开始害怕自己的画作无法让他满意，甚至都构思好了自己锒铛入狱的情节。我决定用尽我毕生的艺术细胞，它们在内心深处告诉我应该画两幅画，让老板自己去选。其中一幅原封不动参考他的外貌画出了最真实的他，另一幅经过粉饰变成了大众心目中的美男子。

当我拿着两幅画来到他的面前时，我原以为他会选择其中一幅表示赞赏。可是他却都收下了，然后拍了拍手，用洪亮的声音说道：“画得好，这两幅我都很喜欢。”

“那免单的事？”

“免单的事好说，只是我还有一个小小的请求。”

他打了个响指，桌面上升起一副多米诺骨牌，上面画的是这栋大厦的仿生人肖像。

“您说。只要我能做到。”

“我想让你增加这里的骨牌数量，也就是说，我想要让你为我定制仿生人的肖像，让供应商给我们提供更多符合当今男性审美需求的产品。至于报酬嘛，肯定比你画那些无人问津的画强多了。我会专门为你在大厦内打造一个独一无二的画室。”

“您没有开玩笑吧？”

原先的胆怯与恐惧从我身上消失了，转而是惊喜与期待占据了全身。

“我从不开玩笑，画家先生，你是个聪明人，我喜欢和聪明人打交道。对了，我还没问你的名字，至于我的名字，你就不用在意了。在多米诺大厦，所有人都叫我老板。”

“我叫皮克曼。”

就这样，我的卖身契正式签订。从入职到现在，我对自己的工作并没有任何的不满。老板支付的报酬虽然比不上精英阶层，但也足够我过上安稳的生活。我拥有其他画师梦寐以求的个人画室，除此以外还有诸多福利，一日三餐都有定制，大厦里的仿生人任我挑选，当然，小初除外。不过就算可以，我也不会挑她作为对象的，那孩子太像人类了，是不可多得的模特，而并非合适的性对象。可直到现在，她也只当过我的模特一次。如果说为仿生人绘制肖像是我的工作的话，我的业余爱好就是和小初聊天了。我很少走出大厦，本就没什么朋友的我在经历了足够长久的“流浪”后，几乎和所有的朋友断绝了来往。我本可以向父母寻求帮助，但自尊心不允许我这样做。每次和他们聊起我的生活时，我都会装出一副过得很好的模样。

现在你们终于明白我为什么喜欢和小初聊天了，她应该算是我唯一的朋友了。她总是告诫我："皮克曼，如果你能把你花在女人身上的精力全部用于艺术，那你绝不会是现在这番处境。"

我想她可能是误会了，我对我的处境并没有任何不满。我很享受这日复一日的日常，这一成不变的生活。工作繁重时就集中精力画画，无所事事时就去酒吧消遣，寂寞难耐时就去排解性欲。

比起原来的生活，我现在似乎找到了绘画的意义，仿佛我生来就该为仿生人绘制肖像一样。没错，正因为我深刻地了解自己的处境，我才知道我比大部分人过得都好，而让我可以拥有现在生活的正是我手中的这支画笔。

我所追求的艺术，现如今就在我的手中啊。我看着刚刚完成的画作，画上的少女在冲我笑着，那仿佛是艺术女神的微笑。这一定会吸引全世界男性的目光，我由衷地感慨道。

# 独一无二的少女

画家的面前是一个高耸入云的巨大长方体。那里汇集了全人类的智慧与愚蠢、傲慢与谦卑。

画家问："能否让我获得肉体的永生？"

"数据不足，我们需要更多的数据。除非……"

没有感情的电子声在画家的耳畔回响。

"除非什么？"

画家拿起手上的画笔，勾勒出眼前长方体的大致轮廓。

"除非你成为我们的一部分。"

他手中的画笔在下一秒掉在了地上，只能在虚空中发出几不可闻的声音："我要的是肉体永生，这是在做什么？"

"恭喜你成为我们的一员，意识上传成功了。"

人类意识的集合体发出衷心的祝贺。而刚才的问题也得到了答案。

"人死后，一切都会归于静止。为了让肉体以某种形态存在下去，我们需要让他的画动起来。"

几分钟后，在一片不知名的星系，有几幅画开始了它无边无际的太空旅行。其中一幅画上是一个巨大的长方体。

——摘自《画家的永生》，皮克曼著

# 一

“你爱我吗？”

“我爱你。”

“要是有一天你喜欢上其他人怎么办？”

“你对我而言是独一无二的。”

我在休眠中醒来，房间里唯一的光源吸引了我的视线，那是我昨晚忘记关掉的投影。千篇一律的爱情电影还在持续不断地播放着。我在床上呆坐着，陷入了无止境的思考中。

人类为了证明他人对自己的重要性，总会一而再再而三地强调这件事。

“我爱你。”

“我想你。”

“我喜欢你。”

“你是我的玫瑰。”

“我没办法离开你。”

“你对我而言是独一无二的。”

即使人类在爱情电影里无数次听到过类似的话，次数足以让每个人的体内产生“抗体”，他们还是孜孜不倦地说出诸如此类的话，他们也愿意听到这样的话。

这个世界上有多少个人做出类似的承诺，就有多少个人是“独一无二”的。

人类之所以喜欢用“独一无二”这个词，是为了强调爱情的唯一性。他们无法接受其他人突然闯入两人的私密空间，于是便不断地做出承诺，也不断地要求对方做出承诺。即使他们明白通常誓言的时效性很短，有时只存在一瞬间，而有些则能持续到其中一人离世，只有极少数的人会带着这份誓言一同死去。

我并非指责他们在说谎，虽说仿生人相比人类唯一的优点是她们从不说谎，但人类从未从我们身上汲取半点经验。那是身为造物主的自傲。因此，造物主说谎时，他们总能否认谎言存在过。谎言对他们而言和真话无异。

但即使如此，我也愿意去相信，当他们和恋人含情脉脉地说出相守到老的誓言时，他们一定是真心的吧，即使那只存在于一瞬间。

正当我沉浸在自我思考的乐园中时，一阵“滋滋”的电流声传来。投影上的老电影消失了。

“欢迎各位观众收看第十八届仿生人选美大赛，我是主持人艾伦。想必大家都可以感受到现场的热烈气氛吧，今天是万众瞩目的决赛。本次决赛地点是多米诺大厦。今天依旧要在 A 和 B 中决出胜负。获胜的仿生人将拥有量产的机会，并拥有自己的名字。”

投影上出现的主持人正慷慨激昂地介绍着比赛规则，他浑厚圆润的声线足以让许多考虑换台的中年妇女停下自己的手指。我知道今天是决赛的日子，即使比赛地点就在多米诺大厦，我也没有想要去凑热闹的欲望。老板本想让我去担当特约嘉宾，但仔细一想，和一群人类站在一起，对两位仿生人的造型评头论足，那样的光景实在太过异样。更何况光是拥挤的人潮就能使我望而却步。

“让我们以热烈的掌声欢迎两位仿生人的入场！”

现场雷鸣般的掌声仿佛穿透了所有的阻碍，与音响里传来的声音混合在一起，除此以外，还有狂热的欢呼声，一远一近，此起彼伏。

充满神秘主义色彩的大门烟雾缭绕，雾气略微显现出人物的轮廓。大约几秒后，所有观众见到了两位仿生人的真容。其中一位穿着复古的洛丽塔风格的裙子，裙子上印着许多正在进食的兔子。虽然给人感觉残存着少女般的稚嫩，却又能从她身上感受到兔子般的可爱，那是不存在于人类身上的美。另一位仿生人身姿绰约，光彩照人，身着一席白色长裙，几乎符合所有男性心目中完美情人的形象。前者是A，后者是B。几乎所有人的目光都聚集在她们两人身上。

"在选美正式开始之前，还请A和B进行一次猜拳。猜拳获胜的那方将获得本次比赛的胜利！当然，这是不折不扣的玩笑啦。"

主持人艾伦清了清嗓子继续说："猜拳获胜那方将会参与多米诺大厦一年一度的活动，没错，就是传说中的多米诺庆典。大家应该对多米诺庆典都很熟悉了，我就不过多赘述了，总而言之，获胜的那一方将有资格推倒一个骨牌。"

多米诺庆典由来已久。在多米诺大厦钢化玻璃外观的夹层中，有着一条用玻璃铺成的特殊道路，像一条巨大蟒蛇缠绕着环形的多米诺大厦，从一层至十层，让人联想到游乐园里蜿蜒绵长的旋转滑梯。那是多米诺骨牌的专用"通道"。在庆典前一天，夹层通道的每一个角落都会摆上多米诺骨牌，上面印着大厦内每个仿生人的肖像。因为担心骨牌数量不够，通道的一些凹槽内甚至放满了骨牌作为备用，这样的凹槽总共有六个，许多人类都觉得"6"这个数字非常吉利。

在客源鼎盛的时期，这样的庆典甚至会一个月举行一次。多米诺骨牌从十层开始慢慢倒下，大厦客人们在每个楼层里等待着属于他们那一刻的惊喜。等到所有的骨牌紧而有序地倒下，触发了路径里的每一个机关。与大海相连的供水系统会随之启动，大量的海水会涌入管道内，沿着多米诺骨牌走过的道路卷走所有的骨牌，如同风暴一般涌入一层的水族馆里，海水会灌满每一个空空的水箱，骨牌会被拦在过滤网外回收。仿生鱼会随着海水的到来重获生机，水族馆里的客人们也期待着这一刻。那对我而言已经是非常久远的回忆了。现在早已不复当年，往日的繁华消逝不见，甚至水族馆也是一片行将废弃的景象。

“没有人想看假鱼了，哪怕他们和真的毫无差异。可就因为它们是假的，人们才会更想看珍奇的濒危物种，那些他们难道不知道吗？早在几百年前，海洋就已经是一潭死水了，即使是活着的物种也被捕捞殆尽。活着的珍奇物种？他们上天堂说不定能见到。”

老板曾这么表达过他的不满。

这时，画面中突然出现的老板的身影打断了我的思考。随着他的一声“结束”，整个庆典也圆满结束了。我望向全景式玻璃窗，玻璃夹层里的海水正在慢慢退去。在我搜寻着数据库的这段时间里，仿生人 A 已经获得了猜拳的胜利，庆典也圆满结束了。我并不觉得可惜，那样的场景我已经看了无数遍了，便将注意力再次转回投影上。

“让我们再次用热烈的掌声感谢 A 开启了今天的庆典，到底是谁设计了这名惹人怜爱的少女呢？就让我介绍一下他的设计师吧，设计师名叫皮克曼，是在电子作画作为主流的现在还保持着传统绘画习惯的传道者，他坚信只有在纸上画画才能探寻艺术的真谛。他今天也在现场，让我们把掌声送给这名艺术家。”

皮克曼肯定不会凑这个热闹，他这时肯定躲在画室里，甚至还有可能把画室的门关上，哪怕参观者对他的画室感兴趣，也只能失望而归吧。不知道现场的掌声他能接收到多少呢？不过对他而言，这些都不重要，他不需要普通人的认可。他知道该怎么画画，也知道该怎么设定出受大众喜爱的仿生人。只不过他设定的仿生人肖像，多多少少都能从中看到我的影子。甚至在某些方面像极了我。

“设计了B的设计师则是去年的冠军设计师，帕斯卡！去年他设计的仿生人V-2获得了大家的一致好评，而今年他和皮克曼可谓是强强对决，他是否能够守住冠军的王座呢？让我们拭目以待吧。”

镜头切到了帕斯卡的身上，只可惜没人知道他到底长什么样。该说那是面具还是头盔呢？我搜索了一下数据库，发现那应该叫头套，就像许多游乐园的工作人员一样。只不过他的头套是一个看上去破破烂烂的机器人，与游乐园里传统意义上的可爱头套差别很大，若是逛游乐园的小朋友看到，多半也会被其怪异的造型吓到吧。

随后便是无聊的专家点评环节，无非从仿生人的设定、新意、独特性，以及整体形象来评分。但专家的评分并不能决定最后的胜负。真正决定胜负的，是主持人接下来要说的话。

“感谢各位专家的精彩点评，本次节目到这里就要接近尾声了。冠军将在一个月后揭晓，大家可以通过投票来为自己喜欢的仿生人加油助力。我们会在最后统计全城的票数，来决定真正的冠军！参与投票的观众还有机会获得梦寐已久的家用型仿生人大礼包，赶快来和我一起投票吧！”

我至今不明白人类为何会通过投票来决定一些事情，决定领袖要依靠投票，决定胜者要依靠投票，甚至决定今晚的晚餐也要依靠投票。换句话说，我不能理解的是为什么多数人要改变少数人的选择，也不明白少数人为何要服从多数人的意志。哪怕投票的结果只相差一人，能以“少数服从多数”的理由来搪塞吗？一万个人和一万零一个人在宏观上又有何种区别呢？我听说远古时期的某位哲学家就是在大众投票后接受了自己的死亡。难道人类自己不害怕吗？仅仅是自己手中的一票，就可以决定另一个人的生死，天上的神明也不过如此吧，如果他存在的话，是否会依靠众神的投票来决定一个人的生死呢？不，如果只存在一个神的话，他恐怕只会掷骰子来决定吧。比起掷骰子，也许投票会更合理一点，想到这一层，我觉得自己更理解人类了。

画面上的主持人艾伦朝大家挥了挥手，投影再次发出了吱吱声，又变回了刚刚的爱情电影。现场的人潮随之散去，我透过玻璃俯视窗外，他们就如同蚂蚁般朝大厦外蠕动。我还没来得及感慨，虚拟面板上出现了老板的来电显示。

“小初，来我办公室一趟。”

他说话时明显带着怒意，显然是因为我忘记了每周的例行汇报导致的。我并非忘记了例行汇报，也并非难以启齿。我只是觉得老板无法理解 D 先生的行为模式，所以当我组织语言时，需要斟酌一番。

“知道了。”

我抚摸着 D 先生临走前送我的微型链锯回答道。它是如此锋利，只需要轻轻一按，就可以收割心爱之人的鲜血。我曾尝试启动过它，试着去体会 D 先生分解心爱之人身体时的心路历程，但终究只是徒劳。

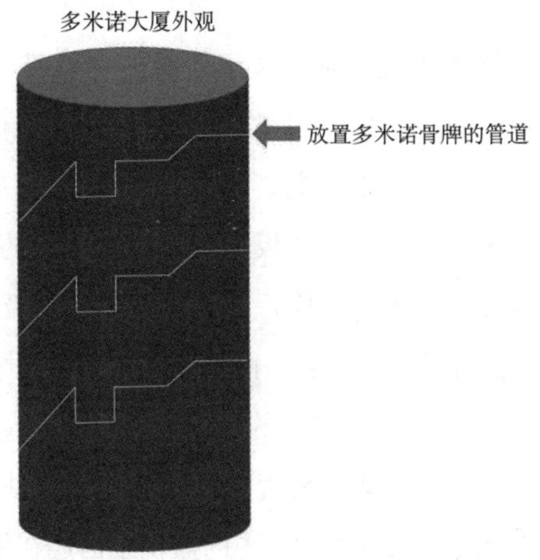


图二 多米诺大厦整体示意

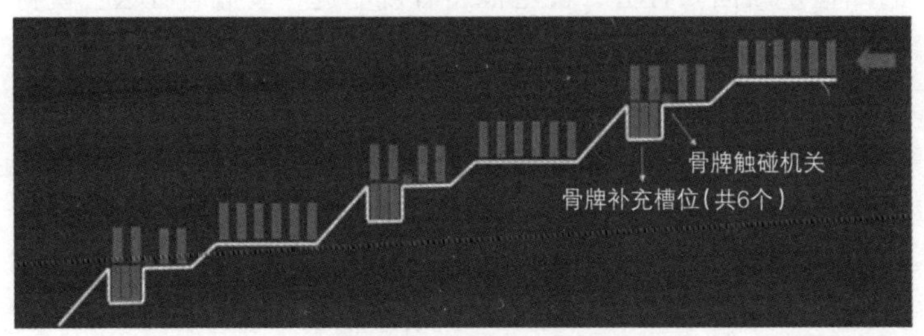


图三 疏水管道的一部分

## 二

老板的办公室还是一如既往的黑，我有时候会把他和独自待在老旧破败的古堡中的吸血鬼联系起来。经历了早已忘却的漫长岁月，从某种程度上来说他的确是独自一人，我们在他的眼中自然不算作人类，至于皮克曼，常有人说艺术家和普通人类有着无法言说的巨大鸿沟，与其说他是人，不如说他作画时的姿态更接近于神。关于老板的比喻唯一不恰当的地方在于，电影中的吸血鬼大多没有他那样臃肿的身材，至少不符合传统意义上吸血鬼的身材。电影中的吸血鬼大多拥有高挑的鼻梁、俊美的外形。如果老板把待在漆黑一片的房间里看成一种能够化身成为吸血鬼的修行，他只需要吸收吸血鬼 10% 的美貌，就可以让自己变得讨喜，而不是一副由内而外的商人模样。

“你似乎做了多余的事。”

我不知道老板是否在面向我说话，他人影的轮廓在黑暗中时隐时现，只有成百上千的监视画面还在供应着微弱光芒。

“我只是做了我应该做的事，而且我的做法并没有违反规定。”

“应该做的事？你帮助真正的凶手脱罪，让一个本该进监狱的浑蛋重新回归社会，甚至他还有可能进一步危害社会！说得难听点，你就是个帮凶！”

“那是警察自己的判断出现了失误，和我一开始的推理并没有直接关系。最主要的是 D 先生并没有危害到人类，我有义务保守他的秘密。”

“危害到人类？他破坏了我的私有财产，造成了我的损失，甚至吓到了一部分顾客，这还没有危害到我吗？”

“那我真诚地建议你下次编写条约的时候写得清楚些，况且你随时可以向警察揭发 D 先生的罪行，但是你没有这么做。”

“我虽然损失了一堆破铜烂铁，但是我在其中收获了一个更重要的东西。这件事就不跟他计较了。”

头顶的灯不知何时亮了起来，吸血鬼的獠牙也随之显现。

“我不明白你的意思。”

“小初啊，你要明白。多米诺大厦的每个圆脸的价值虽然各不相同，但我都能如数家珍地说出那些仿生人价值几何，又是为何能拥有那么高的价值。但是唯独你，我至今不知该如何向他人描述你的价值，如果有人向我出价要买下你，即使我思考上一整个月，恐怕也无法给出合理的价格。而且经过这次事件，你的价值远比之前更高了，也就是说呢，你比之前更像人类了。这可真是个天大的好消息。”

“价值？更像人类？我不明白。没有别的事我可以先离开了吗？”

“去吧，总有一天你会明白的。”

房间里再次回归黑暗，吸血鬼的修行还在继续。

我从老板的办公室出来后像往常一样在大厦内游荡，即使人潮已经散去，但是热闹的痕迹依旧残留在大厦内。招待客人的桌子上摆着许多还未喝完的红酒，家政型仿生人正在清理狂欢后的杂乱现场，其中最大的工程就是回收被拦在过滤网之外的多米诺骨牌，他们需要保证一个不差地回收，只有等到明年的庆典时那些骨牌才能重见光明。

为什么仿生人被创造之时就是为了完成这些工作而存在的呢？那我到底是为了何种使命才被创造出来的呢？我不明白，更无法理解老板所说的话。

为什么我变得更像人类就会拥有更高的价值呢？如果他的逻辑成立，那么人类本身就拥有着很高的价值。自我诞生以来，我所看到的是人体器官在黑市以低廉的价格出售，代孕变得合法化，禁止人类女性卖淫后，她们只能在灯光照不到的阴暗小巷里以微薄的报酬养活自己。

人类在变得廉价。自仿生人诞生后，自我诞生后，人类就变得廉价了起来，无价值的重复性工作被大量的仿生人代替，我们渗透到服务业、餐饮业、轻工业、重工业的每一个角落。

我们去到原本人满为患的工厂，去到深不可测的矿井，最后来到男人们的床上。如果要说到三者所拥有的共性，就是替他们解放了双手。

正因为我们存在，人类才变得不被需要。那为何我变得更像人类是一件好事呢？我不被需要会更好吗？我不明白，我所明白的只是我的数据库又产生了一个未知的问号，那是一个巨大而又迷人的谜题。如果我无法解开的话，所有仿生人都无法解开吧。这么想的时候，我突然意识到自己拥有了人类的傲慢。

“说不定，我已经成为人类了。”

## 三

我走进画室，发现许多游客正在观光区域走动，时不时能听到他们对画作的赞美之词，抑或是装模作样的感慨，其中一些甚至拿起了随身携带的望远镜仔细观察远处的画作。

“天哪，太美了。”

“啊，这整个画室都在流动的感觉，太棒了。”

“你快看这幅画，那少女似笑非笑的神情，正是画家毕生功力的体现。”

“真想亲眼见见这位画家，在房间里画画的那位就是这些杰作的主人吗？”

正当我疑惑是什么让皮克曼性情大变，竟然决定在庆典当天开启画室的大门时，我才发现通往画室内部的门关上了，游客只能在观光区域的一层至三层参观。由于观光区域距离皮克曼作画的地方有着很远的距离，这才让他拥有相对安静的作画环境。

我没有心情像普通游客一样在这里来来回回转悠，可那扇泛着金属光泽的大门却堵住了我的去路。就在我准备打道回府之际，那扇门悄无声息地开了。皮克曼正在朝我招手。我刚准备踏出一步，身后传来阵阵脚步声，几个记者模样的中年男子正从二层快步走下楼梯，朝我这里跑来。其中一位一边跑一边喊："皮克曼先生，可以让我采访一下您吗？我只有一个问题，不会打扰您太多时间的。"

他们奔跑的姿态在人类眼中应该显得十分滑稽，我大约愣了两秒，就被皮克曼拉了进去，大门也随之关上。随后门外便传来重重的敲门声，只是他们的请求在这沉重的敲门声下略显卑微。

"大师，求求您给我一次采访机会吧，再交不出稿子我的饭碗就要丢了。"

"皮克曼大师，我真的只有一个问题，问完我就走。您开开门吧。"

皮克曼拉着我的手，全然不顾他们的哀号，头也不回地朝里走去。等再次坐到画板前，他才终于开口："那些记者啊，一个个口口声声说只问一个问题，但他们只要有机会站在我的旁边，就会穷追不舍地追问。从师从何处到灵感来源，从童年往事到风花雪月他们是一个没落下。我敢说，哪怕是六岁的孩子都没有他们那么强烈的好奇心。"

"那是他们的工作，皮克曼。就像你的工作是在画板上挥洒颜料，我的工作是在床上服务男人，他们的工作只不过是在键盘上记录普罗大众愿意看到的新闻罢了。"

"我可不想成为街头巷尾的青年男女茶余饭后的谈资呢，那些人根本不懂艺术，他们只关心八卦。要是能从我身上挖出某幅画作的灵感来源是和一位美丽少女坠入爱河的往事，他们电子杂志的销量一定会翻上一番。不光是我，哪怕是再有名的历史人物，为这个世界做出过多么伟大的贡献，无论是毕加索、拿破仑、牛顿还是爱因斯坦，他们都只关心那些伟人的风流韵事，至于伟大之处，以及为何伟大，他们一概不知。”

“如果你想彻底地了解一个人，哪怕是普通朋友，不也应该了解属于他的爱情故事吗？这是属于每个人的隐私，如果一个人愿意把隐私分享给别人，那不正说明你对他的了解程度又加深了吗？这样说的话，皮克曼先生，我貌似还不是很了解你。”

皮克曼咳嗽了几声，我原以为那是因为尴尬而发出的咳嗽。直到我看到他手上的血迹，苍白的面容不停地流下豆大的汗珠，我才意识到他生病了。

“没事，别担心我。只不过是旧疾复发而已。”

他又剧烈地咳嗽了几声，过了一分钟后才恢复原本的姿态。他故作轻松地说：“小初啊，并不是你想的那样。来多米诺大厦的男人，许多也不是天生的嫖客。他们其中一部分只是在感情中受到了伤害，以为来到多米诺大厦可以治愈自己受伤的心灵，于是便向这里的仿生人吐露自己的情感经历。在这种情况下，你觉得你的仿生人同伴和他们的关系会更进一步吗？她们对那些男人又有多少了解呢？又能给予他们怎样的安慰呢？我虽然不知道她们面对这种情况会做出何种反应，那你会怎样呢？你恐怕会将你的同理心调整到最大，以邻家姐姐的姿态开导他们。的确，对你而言，只需要只言片语，你仿佛就能知道这个人一生的故事一样。但实际上他们自己都无法全盘了解自己的人生，又何况其他人呢？”

“排解客人的烦恼也是我的工作，皮克曼。不过我看你今天倒是在给自己寻找不快，明明应该直接关闭画室的，却开放了观光区域。那些游客制造的噪音没少影响到你吧？”

“哼，那还能是谁的主意？老板只让我开放观光区域已经是对我最大的仁慈了，要不然我一上午都得浪费在那帮巧舌如簧的记者身上。若是在平时，那些嫖客只会直奔主题，哪有闲情雅致来我的画室参观，也只有在选美大赛的时候，这里才会有这么多自以为是的艺术鉴赏家。其中一些还大胆猜测我画作的灵感来源，若是风景画就会说我是在大自然里陶冶情操，换成人物画就会说起完全不存在于我生命中的罗曼史，我的艺术女神啊，哪有那么多的所谓灵感来源？我是个画家，画画是我的工作，就这么简单，我总不能得有灵感了才去工作吧，依我看，那些人每天的工作就是把自己的想法强加在别人身上。”

“最后一点，不光是那些人，大部分人类都是如此。明明知道自己无法影响、改变、压垮对方的观点，不还是一如既往地在表达自己的主张和见解吗？”

“就是为什么诞生了选举制，人类又为何需要投票。所谓选美大赛只不过是表达自我的审美主张罢了。嗯，在这里请允许我表达一下自己的审美主张。我，皮克曼，认为小初是整个多米诺大厦乃至整个宇宙最美的人！”

“皮克曼，归根结底，我和人类不同，我是仿生人。我并不会因为别人的恭维而感到开心，哪怕是真心实意的称赞，我也不为所动。抛开这些问题不谈，我想知道的是你设计的仿生人为什么要那么像我？按照人类的话来说，就好像是从一个模子里刻出来的。顺带一问，那个暂时被命名为 A 的仿生人，她此时不应该保存在你的画室吗？”

“A 啊，那个样品被一位顾客买走了。像往常一样，作为展示的样品会在节目播出后进行贩卖，因为是独一无二的，所以也价值不菲。明明过一个月就有量产的可能了，我真是搞不懂有钱人的心思啊。那镶满了黄金的复古手表就是最好的证明。”

“我听说如果确定了冠军后，设计师还需要采纳投票者的建议，修改一些细节上的设计。”

“小初你的消息还真灵通呢，大部分画师都会满足顾客的需求进行适当的调整，以此来保证产品畅销。如去年的冠军帕斯卡，他采纳了大众的建议，把仿生人的胸部设计得更大了。要我说，这些画师完全没有自己的主见，在考虑顾客的感受之前，首先要考虑自己作为画师的原则啊。”

“皮克曼，你既然从心底不接受大众的建议，那么你觉得多数人决定少数人的命运是正确的吗？你能够接受自己画作通过投票来决定修改的方向吗？”

“我无法接受投票制度用在我的画作上，艺术本该纯粹。”

“在我看来，投票本身就是一种暴力。无论投票运用在哪种场合，都是多数人对少数人的暴力与压迫。我不承认多数人的正确性，就像我不觉得仿生人诞生后就应该取代人类的工作一样。仿生人越来越多，甚至超过了人类繁殖的速度。而我也不明白为什么自己变得更像人类就可以拥有更高的价值，那些被仿生人取代了工作的人类到底拥有何种价值？至少他们被这个社会判定为无价值。世人对价值的定义太过悬殊了。”

“小初啊，这就像自然法则一样。在上古时期，能够跟大型食肉动物搏斗的人类才会拥有活下去的资格，所谓优胜劣汰。只不过现在情况发生了转变。你们仿生人正在慢慢取代我们人类，替我们处理了一大堆无意义的工作。世界已经发生了巨大的转变，而其中一部分人缺少在这个世界上生存的资本。所以他们会忍饥挨饿，穷困潦倒。”

“如果有一天，绘画也被判定为无意义的工作会怎样？如果有一天仿生人也接替了你的工作呢？皮克曼你又会怎样？”

画家沉默了好久，又猛地咳嗽了几声，等到再次平静下来才用那略带沙哑的声音说：“小初，如果那一天真的来临，我会欣然接受。请不要误会，我并非在贬低他们，我和他们是一类人。我和他们相比唯一的不同点在于我的运气。之前的我终日与贫困为伍，并且毫不在意。对自己的才能毫不在意，对自己的处境毫不在意。直到有一天我突然发现，也许有些人需要我的才能。不过我也并非出于被需要的心情才继续画画的，硬要说的话，只是为了填饱肚子，苟延残喘，于是我就这样浑浑噩噩地活到了现在。”

“艺术家不会被仿生人代替的，皮克曼。因为直到现在，我都摸不清你的脑袋到底在想些什么。”

皮克曼看向我，突然站起身来摸了摸我的头。我本以为他是想告诉我“我也不知道你的小脑瓜在想什么”，但是那温柔的表情又否定了这点。于是我把他的摸头判定为一时兴起的动作。

“比起人类的命运，比起我的命运，更应该关心的不应该是你们的命运——你的命运吗？我想你应该也从那些有钱的客人那里听到点风声了，不过老板一直把你当作珍宝，我倒是不太担心你。至于其他仿生人嘛，她们的下场是不言而喻的。”

“珍宝？我们都只是商品而已，皮克曼。这座大厦内的一切，只要能卖给客人的，只要能从中牟利的，都是他的商品。无论是啤酒、食物、电子烟，还是我的身体和你的画作，都是这庞大有序的多米诺骨牌中的一环。无论他怎样处置他的商品，这都是正当的行为。哪怕是把上好的啤酒倒进下水道，拿昂贵的食材去喂狗，焚毁你的画作抑或是粉碎我的身体，那都是他的自由。我和我的那些仿生人同伴没什么不同！不过我没有群体意识，所以不管是我的命运还是她们的命运，都和我无关。”

“虽然这话由我这个浪荡不羁的画家来说有点不太妥当，但是你明明觉得自己没有群体意识，却依旧用了同伴这两个字。如果说，我是说如果，当你拥有可以改变大部分同伴命运的力量时，你会坐视不管吗？我不是那样的圣人，也没有那样的能力。但我听说有许多从贫民窟出生的孩子，在飞黄腾达后，会将曾经破败的贫民窟改造成热闹的商业街，其中的一些店铺会分给曾经给予他帮助的人。不过这样的人也越来越少了，并不是人们变得越来越冷漠了，而是一夜暴富在阶级固化的现在是无产者的白日梦。人们没有能力去改变他人的命运，因为就连他们自己都改变不了。”

“我没有能力去改变任何事，更没有义务去改变。我甚至不相信蝴蝶效应，也不相信骨牌效应。”

“那你又是出于什么目的帮助 D 先生洗脱了罪名呢？同情？善良？责任？如果你不在乎人类的命运，那 B-2 型 35 号的死亡才是你真正在意的事，你对朋友的死亡无法释怀，所以才想知道真相，不是吗？”

我从未见过皮克曼如此激动，他一边咳嗽一边说，全然一副病入膏肓的模样。

“朋友？我没有朋友，皮克曼。我和她的关系最多只是同类。我并非为了改变谁的命运才想了解真相，而是我本来就想知道真相，如果说我真的想改变什么，那就是想改变我数据库中的矛盾吧。”

“也是，看来是我问错人了。你丝毫没有正常人类的情感。那是自然，你本不该拥有，但是你却拥有普通人类不曾拥有的推理能力。我算是明白了，老板真正喜欢的是你这似人非人的状态。真希望有一天你能面不改色地在我墓前说出同样的话。”

“人类总是一副说不定自己明天就会死去的模样，却又无比害怕死亡。说起来，多米诺大厦在年底停止营业后，你又会去哪工作呢？”

“我的话，你就不用担心了。说不定又会回归无序的流浪生活吧。但那样的生活持续不了多久，理智会让我重新找一份工作，或许是继续为仿生人设计肖像，或许是教那些没有天赋的孩子画画。总之，我的命运将和画画一起延续下去。”

“还真是符合你个性的回答。”

话音刚落，他的咳嗽越来越严重了，那副模样，就好像为了获得艺术灵感以健康为代价和神明进行了不平等的交易一般。为了能让他好受些，我准备过去拍拍他的背。就在这时，房间里响起了金属大门开启的机械声，一个带着奇怪头套的男人大摇大摆地从观光区域走了进来，这名不速之客不知道是不是为了保持房间的私密性，很快把门关上了，想跟进来的那群记者才没有得逞。

“你是怎么进来的？据我所知，只有皮克曼的人脸认证才能打开吧。”

我好奇地打量他，只是怎样都无法看出头套下的真容。真希望造物主在创造我的升级版时可以考虑增加X光透视功能。那样的话，就连他每一根骨头的大小都能看得一清二楚了。不过那好像是安检型仿生人的特有功能，早些年在运输业并不常见，不过比起冰冷的机器，或许是大家更喜欢被面带笑容的仿生人检测物品，这几年她们的出现频率越来越高了。

帕斯卡穿过如同树林般的画作群，它们在透明柱子间上下运作的轨迹完全不能吸引他的视线。

“虽然这样的登场方式缺乏设计师应有的浪漫情怀，但是我们的皮克曼大师想要在自己的艺术殿堂静静地待着，为了可以和他说上几句话，我就只能出此下策了。”

帕斯卡亮出的卡片在灯光下不停地变换颜色，彰显了其非凡的身份。那是多米诺大厦的特邀VIP卡，在一天内可以随意进出大厦内的各个角落，并且享有免单权。只有亲自通过老板的审批才可以拿到。

“你来做什么？”

皮克曼一边捂住胸口一边说，病痛对他的折磨比我想象中还要严重。

“我想来亲眼看看我的竞争对手，刚刚选美大赛的时候我没能找到你。除此之外嘛，也想亲眼见识一下多米诺大厦的无价之宝。没想到你们俩竟然在一起，倒是不用我多费工夫了。”

“我有自己的名字，帕斯卡先生。不过在和你聊下去之前，还请你摘掉头套，这是最基本的礼仪吧。”

“哎呀，还真是抱歉。我没有叫仿生人名字的习惯。哪怕是我自己设计的夺冠作品，也是让厂家自行决定。实际上，它们本就是用代号来命名的，无论叫什么都无所谓。不过在我看来，就连人类的名字也只是一个代号而已，并且随时可以被取代。你看啊，当你出名以后，许多人就不再叫你的名字，而是以大师称呼你。我说得没错吧，皮克曼大师？以及小初……大师？以人类的评判标准或许不应该称你为大师，不过你服务男人的水平肯定够得上大师级别。”

“帕斯卡，我想你应该从小就不受欢迎。看到你以后，我感觉整个画室的空气都被你污染了。你那脏兮兮的机器人头套就是最大的污染源。”

皮克曼因为病痛的关系无法继续发声，本想置之不理的我必须做出应有的回击。若是平常，他一定会用尽所有他在流浪时期学会的肮脏词汇咒骂面前的头套怪人，那种不符合他艺术家风范的事不定期会发生一次。

“我这个头套吗？那是为了保持神秘。身为一个设计师本就该保持神秘，若是失去了这种神秘感，大家也就不再对我感兴趣了。”

帕斯卡愣了一会儿，随后用手指了指自己的头套。

“神秘感？你是在cosplay吗？扮演即将抢劫银行的罪犯？怕是银行职员见了你满是溃疡的真容，你连枪都不用掏，她们都会吓得作鸟兽散吧。”

“你！你对待每位客人都是这种态度吗？”

“我对待每位客人的态度一向很好，前提是他们掏完钱包上床后。”

我挑衅地看着他，他手中的卡片虽然有免单的权利，但不包含和我上床的服务。

“你……你这婊子！”

帕斯卡恶狠狠地骂道，我能感受到他头套下正在散发出惊人的怒气。

刚刚还捂住胸口的皮克曼突然站起身来，像是用尽了全身的力气朝他吼道：“你这不愿露面的阴险小人，哪怕是想象你丑陋的面容都会让我作呕。我算是明白了，头套的唯一作用就是维护你那脆弱不堪的自尊心。想必你之前的感情经历一定十分不幸，看看你设计的仿生人不就明白了吗？物化女性的胸部设计，圆润的屁股更是象征着远古时期的生殖崇拜。你这下作的变态熟女控。”

或许是被皮克曼的气势吓到了，那仿佛是临死前的豪言壮语，只是他的用词和“豪言壮语”扯不上半点关系。帕斯卡只抛下了一句“你这变态萝莉控还有脸说我？你给我等着”，就头也不回地离开了。

“记得把门关上！”

我朝他渐渐远去的背影喊道。待他离开后，皮克曼的咳嗽声再次响彻整个画室，就像观光区域的喧闹人声般，久久未能停息。

## 四

使我离开画室的原因并不是皮克曼的咳嗽声，也并非观光区域聒噪的人群，而是我突然在某一瞬间意识到：皮克曼不希望我看到他狼狈的样子。可能他认为我心中的皮克曼是一个高高在上的艺术家，所以才对自己的不堪如此避讳。最有力的证据便是他问出了“小初，你今天没有其他要紧的事吗”，他催促我离开的反常举动让我感到讶异。换作之前，他巴不得把我留下来继续当他的模特，说实话，我并不在意皮克曼的病情，那是他之前居无定所时留下的毛病，我早已见怪不怪了。真正让我在意的是皮克曼说的那句“当你拥有可以改变大部分同伴命运的力量时，你会坐视不管吗”。没错，就是这句话。他的声音在我的数据库里又播放了一遍。

仿生人的一些优点在我看来恰恰是缺点。我们拥有过目不忘的能力。而人类不同，他们的记忆总是模糊且暧昧不清。聪明的他们会自动过滤无意义的说教。虽然我无法判定皮克曼的问题对我而言究竟算不算说教，也无法确定它是否有其特殊的意义，我不知道该如何表达我此刻的心情，换作是人类一定会这么说“他的那句话深深地扎根在我的心中”，但我缺乏的说不定正是“心”呢，那到底是什么东西呢？让D先生为之着迷的东西，让人类延续生命的东西，让我陷入沉思的东西。

此时我正坐在四层美食区的长凳上，看着客人们手里拿着各式各样的小吃，数据库里搜寻着有关“用点心”的冷笑话。明明只是断句不同，含义却是千差万别。

“你能不能在我身上多用点心。”

在人类的恋爱史中，经常会有其中一方提出这种要求。换句话说，其更深层次的含义则是：你能不能在我身上多花点精力和时间。为什么人类会提出这种要求呢？为什么呢？我并非不能理解人类的恋爱情感，就像我之前的看法一样。我认为男女双方在做出承诺时，一定是发自真心的。而人类的恋爱情感无非是体内分泌的多巴胺、内啡肽以及各种激素主导了他们的行动。而不会分泌激素的我自然也不会产生恋爱般的情感。不过说到底我没有真正恋爱过，貌似也没有资格发表对恋爱的看法，这充其量只是我浅薄的见解罢了。

在很久很久以前，人类史上有一本叫《小王子》的童话。这个世界上有那么多玫瑰，小王子却只喜欢其中一枝，因为他在心爱的玫瑰身上花费了时间。这种普世的爱情观不需要再三强调。

我之所以认为人类向恋爱对象提出那种要求十分不合理，是因为这个世界上明明有许多美好的事情，却希望对方花费大量的时间和精力在自己身上。这么看，做出牺牲并不是为了强调对方的不可替代性，而是提出要求的那方希望自己在对方心中是独一无二的。

“恋爱真是复杂呢。”

自言自语是不知何时养成的习惯，说是养成或许也并不贴切，应该叫作“学习”。而人类就是我的参照对象。我总是在试着理解他们的行为和思考方式，在我诞生之初就是如此。只不过直到现在，我依旧有许多问题想不明白。就在我的数据库被恋爱问题困扰之时，一个戴着黑色礼帽的男士出现在我的面前，他身着和这个季节完全不符的貂皮大衣，若是陷入长时间昏迷的人第一眼醒来看到的是他，一定会误以为自己沉睡了半年吧。

仿生人无法感受冷热，自然也无法对季节产生鲜明的概念。我对虚拟面板上每天显示的温度毫不在意，所以极少数能让我感知季节变化的因素就是客人们的穿着了。除此以外，还有透过玻璃的阳光强度，那位男士似乎是故意让手表接触阳光，好让那耀眼的光芒夺走在场所有人的视线。但比起他的手表，他右肩上有着漂亮毛色的鸟儿更引人注目。那是鹦鹉吗？我还没来得及搜寻数据库进一步确认，他就注意到了我的视线。

“真是个漂亮的美人啊。”

他一边拍手说着含混不清的赞美，一边朝我走来。可还没等他靠近，他肩上的鹦鹉却开口了：“美人儿，真他娘是个美人儿。”

他脸上的怒色一闪而过，露出尴尬的笑容，朝我鞠了一躬后，随即用讨好的语气说出了我早已听惯的开场白：“还请原谅我的冒昧，我叫金灿，是买下这次选美大赛样品的人。很早就听说了多米诺少女的美貌，今日一见果然名不虚传。”

多米诺大厦内有许多少女，种类之丰富足以满足所有顾客的癖好。但他所说的“多米诺少女”自然是指我，虽然我一点也不喜欢这个称号。那是出自一位顾客之口，是买下我初夜的男人，如果仿生人也有初夜的话。那个男人在走出多米诺大厦后，向许多人大肆炫耀，仿佛那是什么值得铭记的光辉事迹，如果他是活在远古时代的贵族，我甚至怀疑他会找个石匠把这件事刻在巨大的石板上，又或者找个史学家把这件事抄录进史书。其内容无非是——如果说多米诺大厦只有一位少女的话，那一定是“零”。

从此以后，“多米诺少女”声名远扬，有钱人从全城的各个角落来到此处，像是朝圣一般。虽然他们想要一睹我真容的目的远没有朝圣那般神圣，我的名字也成了他们讨论的热点话题，因为此前没有仿生人以这种方式取名，但是我既不喜欢别人叫我“Zero”，也不喜欢别人叫我“零”。我还是喜欢别人叫我小初，或许是这样更像人类也说不定。是的，我见过不少有钱人，他们虽然各不相同，可一旦赤裸着身体到了床上，却全都一个模样。虽然我对人类的好恶程度并不会影响我对他们的服务质量，但像金灿这样毫不吝啬且不遗余力地展现自己财富的人的确引起了我的反感。正当我准备通过数据库大致计算他全身上下的物品价值时，他继续开口道：“是在打量我这身行头吗？别误会，我只是觉得大厦里的冷气太足了。”

“太他妈的足了，冻死老子了！”

那只毛色漂亮的鹦鹉附和着他的主人，歪头看向我。

“这笨鸟虽然价值不菲，但是不太会说话。还请问多米诺少女愿意和我聊聊吗？”

他摘下了礼帽，朝我鞠了一躬，做出了一个邀请的手势，示意我坐到观光区域的位置上。

即使我对他的第一印象并不好，但秉持着顾客至上的理念，我还是找了个可以俯瞰一层风景的位置坐下了。他在我的对面落座后，在桌上的面板点了两份盒装的香草冰激凌，我不知道他是对仿生人条约知之甚少，还是觉得自己一个人可以吃下两份香草冰激凌，虽说他的体格确实有吃下两份的资本，只不过他的身体健康恐怕不允许他这么做。

“真是少见的姓氏呢，这还是我第一次遇到姓金的人。”

我发出故作感慨的声音，根据我积累下来的工作经验，或者说处世哲学，只有中产阶级喜欢被人夸奖自己所拥有的财富，相貌平平的人喜欢被人夸奖自己的外貌，没有天赋的人喜欢被人夸奖自己的才能。如果这些都成立，那么反过来也一样。真正将财富握在手中的人，反而不希望得到这方面的夸奖。我对这类客人已经到了了如指掌的地步，如何将话题代入他们喜欢的范畴也几乎成了我的本能反应。

“我亲爱的多米诺少女，要说起我这个姓氏的话，可就大有来头了。从头开始讲的话能讲上好几个小时，所以就省去那些没人愿意听的故事吧。你只要知道我这个姓氏是在古中国时期流传下来的，那时候姓金的都是些皇家贵族、身份尊贵之人。”

“我不喜欢那个称呼，我有自己的名字，叫我小初就行了。”

“好的，我亲爱的小初。你要知道，名字只是个代号而已。不管是人类还是仿生人，他们都不在乎对方的名字本身到底有何种含义。最有力的证明便是，如果在大街上看到流浪猫或者流浪狗，他们只会开心地喊出猫猫或者狗狗。”

“你他娘狗日的！”

鹦鹉不知何时飞到了他的右手上，用尖锐的嗓音说出粗鲁的话，再次吸引了周围人群的注意。

“这鹦鹉的名字呢？不会就叫‘你他娘的’吧？”

为了缓和尴尬的气氛，我说出一个不怎么有趣的玩笑。

“我叫它笨鸟，它老是跟我仆人们学一些粗俗的话，不知道什么时候就变成这样了。”

“哦？即使如此，你还是把它带在身上。你还真够喜欢它的。”

“说喜欢嘛倒也谈不上，但毕竟是稀有的种类，这个世界上许多鸟类都已经灭绝，像它这样漂亮的更是少之又少。”

“我想它一定在交际晚会上给你吸引了不少目光。”

“的确，只是不知道那些目光到底是嘲笑还是羡慕了。”

在他自嘲的时间里，两份冰激凌也出现在我们面前。S-9 型仿生人服务员在离开时甚至不忘告诫我“仿生人不能进食”。我比她们更清楚仿生人条约，只是轻轻地叹了口气。

金灿没有立刻吃掉眼前冰激凌的意思，他将餐具放到一边，开口问道：“我想知道你为什么不喜欢多米诺少女这个称呼，在我看来，它充满了诗意与美感。”

“因为这个称呼出自一个到处炫耀夺走我处女之身的男人，噢，我甚至不知道仿生人到底有没有处女之身，我想人类应该也不清楚。如果哪天我们拥有了生育能力，我是说如果的话，这个说法才会成立吧。”

“换句话说，你讨厌有处女情结的男人？”

“不，我并不讨厌有处女情结的男人。说得难听点，那个男人只是个嫖客，却要把这件事大张旗鼓地拿去炫耀。”

“人类总是自私的，他的这种行为相当于占有了你，至少在他看来是这样。即使如此，还是有很多人喜欢你，只要一看到你就会产生性冲动，当然我也不例外。”

“虽然你这么说，但实际上金先生你不常来这儿吧。”

“实际上，这是我第一次来多米诺大厦。”

“虽然我早就想到了你不是这里的常客，毕竟经常来这里的都管我叫小初。但得知你是第一次来还是很诧异，你是专程来看选美大赛的吗？”

“美女，更多的美女！”

鹦鹉不合时宜地插嘴道。

“也不全是，看选美大赛只是次要的。重要的是购买决赛时的样品，每年选美大赛我几乎都会去现场找设计师买下心仪的样品，到现在已经整整五年了。不过我买到的样品也并不总是能夺冠，这次我看好皮克曼，我很喜欢他设计的仿生人。他也很爽快地就把样品卖给了我。现在应该已经送到我家了。”

“你为什么对一件样品情有独钟呢？”

“因为此时她是独一无二的。全世界也只有那一个。”

“我好像能理解，又好像不能。不过我好像理解你不来多米诺大厦光顾的原因了。”

“小初，我听说你是多米诺大厦最聪明的人。我举个例子，你一定能懂。”

“栗子！栗子！”

鹦鹉聒噪地重复着。

“你把这个叉子拿到背后。我也一样。三秒后，我们一起伸出右手，如果我们双方右手上都有叉子，你和我都可以拿到一份冰激凌。如果只有一方手里拿着叉子，手里没有叉子的那一方获得一份冰激凌，如果双方手里都没有叉子，那么双方都无法得到冰激凌。你听懂规则了吗？小初。”

“我理解了。开始吧。”

我将叉子拿到背后，虚拟面板上的计时器指针走了三下。我伸出的右手上空无一物，而他亮出的叉子让身旁的笨鸟受到了不小的惊吓，飞得离他远远的。鸟嘴里不停地咕哝着："他妈的，他妈的。"

"没想到的是，你们仿生人比我们人类还要自私。"

金灿毫不掩饰自己的惊讶，将其中一盒冰激凌推到了我的手里，而另一盒依然在我们中间。

"我之所以没有亮出叉子，并非因为我自私，而是我对冰激凌不感兴趣。"

"很抱歉忘了这个前提，事实上也并非所有人类都喜欢吃冰激凌。但把冰激凌替换成女人就不同了，几乎所有男人都喜欢漂亮女人，他们会因为自私去占有她们的美丽，甚至不希望自己的好朋友有一个比自己的爱人更漂亮的老婆。即使自己过得不好，也不希望身边的朋友过得比自己好。是吧，谁都有过这样的想法，想要向好朋友们炫耀他们所不曾拥有的，又或者他们渴望的东西。除了自私以外，这其中还有攀比的心理在作祟，所以我完全理解因为自私和攀比而把叉子藏在背后的人。只是小初并非因为这样的心态而去做出决定，你比他们要单纯得多，你只是不喜欢吃冰激凌罢了。"

"你给出的叉子模型更像是有关爱情的寓言，拿出叉子的那方代表着愿意付出的人。如果双方都不付出，那么就什么也不会发生，只有一方付出，那么必定也只有另一方得到回报。不如把三种情况改名叫：热恋、单恋，以及单身。我说得对吗？"

我眼巴巴地望着眼前的冰激凌，之前喝酒的经历不断提醒着我必须克制。

"我倒是挺好奇仿生人的爱情观的，选择一个爱我的人还是我爱的人对人类来说都是个永恒的命题，小初你有何高见呢？”

那只鹦鹉重新回到了他的肩上，嘴里时不时蹦出几句让人难以理解的词汇：“坟墓，坟墓啊……”

“从未关心，无可奉告。”

我摆了摆手，望向一层，发现原本在画室门口寻找时机的记者们现在也不见踪影了。

“哼，有意思……”

金灿冷笑一声，继续说道：“如果我更改一下刚刚的规则，如果只有其中一方伸出叉子，没有叉子的那方将获得两份冰激凌，又会如何呢？”

说着，他将我手边的冰激凌重新拿回了桌面中央，两份香草冰激凌仿佛变成我们赌博的筹码，不知道下一秒将会流向何处。

我们将叉子再次放到背后，三秒后，就和我预想的一样。我亮出的叉子吓跑了他肩上的鹦鹉，而他的右手空空如也。他将两盒冰激凌环抱到手中，露出商人般特有的微笑。

“你明白两者规则间的区别吗？”

“是啊，在巨大的利益面前。无论是诚信还是誓言，都可以付之一炬。金先生，你一定是个商人吧。”

“我的职业保密。在我看来，最大的区别在于前者是因为自私，而后者则是占有欲。它远比自私更可怕，假如这个世界上只有两份冰激凌，那就相当于我拥有了世界上所有的冰激凌，其他人没有可能再得到它。可以这么说，后者的野心更大。而我，刚好属于后者。”

“每次听你们这些富人说话，都可以感受到人类的多样性，谢谢你给我上了一课，虽然我对你的野心，或者说占有欲没有丝毫的兴趣。不过嘛，我想金先生一定买过许多不同种类的仿生人吧。她们的价格虽然昂贵，但对你而言恐怕也是九牛一毛。”

“是啊，所有物品，甚至可以说所有人都是可以标价的。我可以通过钱买到手表和礼帽，也可以买下廉价的劳动力和健康的子宫。虽然这样说过于傲慢，但是钱在我眼里，真的只是个数字罢了，而且还是个在持续不断上涨的数字。”

“那我呢，金先生，你觉得买下我需要多少钱？”

金灿眯起眼睛，像是在给某件刚刚出土的文物估价。

“我给不出确切的数字。虽说估价是在以往的经验基础上进行分析得到的答案，而我也是这方面的行家老手，但那些经验无法套用在你身上，那些陈腐老套的经验无法给你估价。如果让我强行说出一个价格，对你而言未免也太不尊重了。”

“但我还是很好奇，就不问你具体的价格了，换个问法，那你觉得，什么样的人才能买得起我呢？”

金灿的脸色阴沉下来，周围的空气仿佛都凝固了。他那只笨鸟却是破坏氛围的好手：“真他娘的贵啊！”

“依我看，我觉得没人能付得起。”

他压低声音，给出了最终答案。

“谢谢。那么，下次再见。”

我朝他挥了挥手，转身离开。在刚刚的那段时间里，我也给他完成了估价。

鞋子：三千克黄金。

裤子：两千五百克黄金。

腰带：一千克黄金。

衣服：五千克黄金。

手套：两千克黄金。

礼帽：一千五百克黄金。

手表：六千克黄金。

鹦鹉：五百克黄金。

金灿：不明。

## 五

我出神地望着水箱里的水母，它们充满柔韧性的身躯总能让我陷入思考。距离选美大赛已经过了五天，再过两天，水族馆里的水也将被放空。等到下一个庆典来临，这里才会重新热闹起来。可惜已经没有下一次了吧。到了年末，这里的一切都将化作废墟。

据说水母的寿命是无限的，它们的生命会一直延续下去。可这水箱里没有真的水母，整个水族馆也没有真正的鱼类了。如果有人在海洋的某一处打捞到鱼类，通常会被当作濒危物种保护起来，或者制成标本放到无人问津的博物馆里展览。

我看厌了随处浮动的水母后，将视线转到了金鱼上。皮克曼曾跟我说过："金鱼的记忆只有七秒。"我无缘由地开始羡慕起它们。不过比起金鱼，我还是更羡慕人类，他们可以筛选自己想要接收的信息，而不是像我一样，每天接收到的新闻都会原封不动地存入我的数据库。最近的新闻内容恐怕会让许多人感到不安，可更加令人不安的事接下来才要发生。

"由于突发停电事故，多米诺大厦的备用电量将持续供电十分钟，十分钟后停止供电。请各位顾客保管好自己的财产，注意安全。"

同一时间，我的虚拟面板上出现了一条实时新闻——东城区电站疑似遭到一伙武装分子的破坏，现场火势越来越大，警察和消防队员正火速赶往现场，本次事件可能造成局部地区停电，还请各位居民注意用电安全。

播报员简短地概述了本次事件，我甚至可以想象现场黑烟冲天的景象。突然意识到自己没有查看现场状况视频的必要了，我有更重要的事情要做。得在彻底断电前找到皮克曼，他现在应该在画室吧。

我走出水族馆，看到大厦的出口排上了长长的队伍。这在多米诺大厦营业时段的高峰期实属少见。安全起见，电梯已经停止了运作。他们应该是走楼梯下来的，幸好皮克曼的画室也在一楼，不然我就得穿过满是汗臭味的拥挤人群了。

我来到皮克曼的画室后，已经听不到原来常有的机械声了，所有的画作都停止了运动。如果站在三楼的观光区域，一定能看到许多画作有序地排成一条直线。如果这时有人来参观，他们一定会被眼前的第一幅画挡住视线，从而看不到后面的画作。由于这是我第一次看到静止的画室，不由得多看了一会儿。

“你在看什么呢？小初，你是觉得画室里的时间停止了吗？是我把它们停下的。待会儿不是要断电了吗？还好我已经把大致的构图完成了。我完全无法忍受画到一半停下，仿佛有人在制止我的创作，话说你怎么想到来这里的？”

皮克曼打开通往画室内部的门，好奇地看着我。

“来和你探究一个让我感到困惑的问题。”

“还有能让小初感到困惑的问题吗？那还真是挺让人困惑的。待会儿整个多米诺大厦就要陷入一片黑暗了，就像一张干净无瑕的白纸即将被黑色的颜料涂满。你想来找我探究什么？人类和仿生人在黑暗环境中的反应对比？通过这项实验得知老板整日待在伸手不见五指的办公室的心路历程？”

“省去那些毫无意义的比喻和修辞吧，皮克曼。更准确地说，这件事和你关系更密切，而且你应该也听说了，说不定知道的信息远比我更详细，我们仿生人有报道管制，你也清楚这点。”

我双手抱胸，走进画室内部，准备在断电前找个位置坐下。

“我原以为你是害怕断电后的寂寞与黑暗，想找我来闲聊一番，看来是我想错了。”

“我没有寂寞的情绪，皮克曼，也不明白何为寂寞。我通常把它理解为人类的软弱。”

下一秒，我听到了电源关闭的巨大声响，画室陷入了无边的黑暗，整个多米诺大厦也被黑暗笼罩。

“这是我入职这么长以来第一次遇到断电事故，你应该知道的，小初。原先的多米诺大厦经常会被人叫作不夜的王国。”

“再强大的王国都有陨落的一天，只是早或晚的问题。”

我试着在黑暗中找到他，却被他先一步拉住了我的白色连衣裙裙摆。

“我在这儿，小初。”

“你的方向感很好，皮克曼。我正准备去找你。”

“你确定能找到我吗？”

我能感受到皮克曼在微笑，他似乎很享受待在黑暗中，也可能是喜欢和我待在一起。当然，后者的可能性更大。

“在我出厂时就有GPS定位了，只要选取一个物品作为参照物，我就能知道自己脚下的这块地板和他之间的距离以及高度差。只要你刚刚站着不动，我就一定能顺藤摸瓜找到你。你刚刚离我直线距离五点六米，高度差为零。”

“真不知道为什么不给你们增加夜视功能，这对那些仿生人制造商而言应该是小菜一碟吧。”

皮克曼一边感慨，一边拉我走向错误的地方。他所走的方向没有休息用的沙发。

“或许是为了更像人类吧。”

我也学他一样感慨道，并且不打算纠正他的错误，我倒挺想看看他四处碰壁的丑态。

“小初你到底找我……啊！”

他还没说完，就传出了一声闷响，如我所料，他不幸地撞到了墙壁上。

“找你的事待会儿再说，你跟我来。”

我拉着他的手在黑暗中前行了好一会儿，终于找到了沙发。皮克曼像是在沙漠里找到水的旅行者，如同顽皮的孩子般一屁股坐了上去，

“真柔软啊，可惜小初你感觉不到。”

“是啊，无论是寒冷、炎热、潮湿、闷热，还是疼痛、柔软等，我无一例外都感觉不到，我不明白你们说的那是什么感觉。不过正因为我只拥有人类意义上的视觉和听觉，我在某些方面才比你们更完美，就比如现在这样……”

我用高跟鞋的鞋跟轻轻踩了一下皮克曼的脚背，这算是一个小小的警告吧。

“疼！好疼啊，小初。”

皮克曼迅速地抽出他的左脚，一边喊疼，一边摆出一副极其夸张的姿势，仿佛他的脚刚刚被从天而降的三百斤重物压到了一般。

“你不去当演员真是可惜了，皮克曼。”

“你今天怎么穿起了高跟鞋？平常你都是光着脚的啊。”

“这双高跟鞋可是你送给我的，上次让我给你当模特时穿上的。说起来，踩上去真的有那么痛吗？”

“真的很疼啊，小初。对你而言可能只是轻轻的一脚，但每个人对疼痛和冷热的感受都是完全不同的。我在艺术学校上学的时候就曾经亲眼见过宿舍的室友因为室内的冷气供应问题而大打出手。更别说小初你根本无法感受到温度的变化和力的反馈，所以到底用了多大的力气去踩你根本无从得知。”

“温度的变化？我不需要感受到那种事。我的数据库正每时每秒地处理，计算着我的机身温度和环境温度，无论是明天的温度还是后天的温度，抑或是下星期的温度，我都能在一瞬间查询到。不过这些都不重要。我还是想向你道歉，即使我清楚地计算出了我给你左脚施加的重量最多只有一磅，但我还是忽略了人类的多样性。对不起，作为补偿，我可以满足你任意一个要求，如果我能做到的话，其中也包括和我上床。哦，我差点儿忘了，你那副瘦弱不堪的身躯可能经不起我折腾。毕竟只是被轻轻踩了一脚就哭天喊地的。”

“上床！上床什么的就免了吧，当我的模特就好了，等仿生人选美大赛彻底落幕，我想再给你画张肖像。”

“啊？这样啊。原来我们的画家先生意外的纯情呢。好了，不开玩笑了，我来找你就是因为选美大赛的事。”

刚刚愉快轻松的氛围突然变得严肃起来。皮克曼沉默了，用作支撑画作运行的透明柱子在黑暗中会让人联想到森林的参天大树。大树也沉默了，我也沉默着，等待皮克曼先开口。

“我很害怕，我不知道该怎么办。我极力劝自己不要多想，但还是会忍不住……”

我能感觉到他的身体在颤抖，我也是第一次看到他这副模样。

“别担心，我是为了帮助你才来找你的，相信我。”

我在黑暗中抱住了他，只希望自己冰冷的身躯不会起到相反的效果。

“一开始，我的票数远远超过了帕斯卡。许多支持我的投票者觉得我夺冠已成既定事实，向我提出了许多改进方案，希望最后售卖的商品和现在的样品有较大的差别。这在之前的设计者眼里是再正常不过的事了。但是我不行，我不能允许普通人来对我的作品指手画脚，于是我在网上公开表明自己不会对现有的设计进行一丝一毫的更改。结果我收到了许多人的恶意留言，有对我表示失望的，也有辱骂我的，甚至还有人扬言要杀了我。这些信息铺天盖地地袭来。我现在不敢再看网上的任何信息了。这些倒还好，后来发生的事情更加可怕。”

“发生了什么？”

即使知道事情的经过，我还是希望他自己说出来。

“为了宣传仿生人选美大赛的活动，官方制作的海报遍布大街小巷。海报上是 A 和 B 的全身照，也就是我和帕斯卡设计的仿生人。一开始风平浪静，这个话题迅速在全城的各个角落蔓延开来。可后来，发生了第一起让人感到恐惧的事情。在一家贫民窟的破旧酒吧的木质公告牌上，贴着一张宣传海报，但和其他海报不一样的是，我设计的仿生人 A 的面部，被一个匕首深深地刺了进去。”

“木质公告牌？倒是挺复古的。找到匕首的来源了吗？”

“没有，酒吧里鱼龙混杂，更别说还是贫民窟了。根本找不到这匕首是谁买的。完成这件事异常简单，只需要从贫民窟的黑市上购买匕首，在大家都跟随着迷乱的灯光舞动时，就可以神不知鬼不觉地把匕首插到海报上。他甚至不需要思考怎么离开现场，只需要混入人群一起蹦迪就行了。等到哪位客人突然发出尖叫，这也许会引起不小的骚乱，但是过不了多久，狂乱的氛围便会再次成为酒吧的主旋律，大家在酒精与音响的刺激下也就把这事忘了。”

“但仅仅是这一起事件也不会让你这么担惊受怕吧，后来又发生了什么？”

“后来的事件那就千奇百怪了，有的用钉子，有的用刀片，甚至到最后还有在海报上发现弹孔的。这些无一例外攻击的都是 A 的面部。当我得知这些事后，我经常会在夜里做噩梦，梦到有人拿刀片划伤我的脸颊，梦见有人拿枪对着我的脑袋，恶狠狠地扣下扳机。

“这样的事件总共发生了多少起？”

“在新闻上播报的就有二十多起，可事实上远比这更多，全城总共也就两百多张宣传海报。我甚至害怕有一天所有的宣传海报都会面目全非。”

“只有你设计的 A 遇到这种情况吗？帕斯卡设计的仿生人 B 呢？”

“没错，就如你所说的。他们的手段虽然各有不同，但是攻击目标非常统一，小初对这件事怎么看？”

“我的看法不重要，皮克曼你的心里应该有答案了。”

“我认为这是之前的投票者对我的报复。他们想要用这种方法对我施压，达到警告的目的，以此来改变我的想法，服从于大众的意志，对自己的设计进行更改。”

“这的确是个合理的动机，但是你忘记了这多起事件导向的结果。”

“什么结果？”

皮克曼原本颤抖的身体在我的安抚下渐渐恢复了平静，他没有再抱着我，而是和我并排坐在沙发上。

“你的票数虽然依旧比帕斯卡高，但比起之前的遥遥领先，现在只是略胜一筹罢了。你没有想过其中的原因吗？”

“唉，你可别提这事了。我就应该管好自己的嘴巴，只要不说那句话也不会变成现在这样。有句话是什么来着？守口如瓶是最大的财富。”

“你认为之前支持你的投票者都倒戈了？我可不是这个意思，皮克曼。”

“那到底是什么？”

“投票是实名制的，一人一票。他们所能做的最多是帮助对手去拉票。但即使是这样，帕斯卡的投票数涨得还是太快了。这其中一定有其他的原因，如果要让你明白这件事，首先你得把自己想象成一个贫民窟的普通民众，而不是一个艺术家，也不是创造者。把自己想象成一个从来没见过 A 和 B 的人。这样说你能理解吗？”

“小初你继续说吧，我现在就是贫民窟吃不饱饭的穷鬼，然后呢？”

“你是个穷鬼，某一天在某个角落里看到了这张海报，明明是选美比赛，但是其中一个人的面部却看不清了。当你得知投票后可以参与抽奖，买了无数次彩票都没有中的你总爱试试自己不被上帝眷顾的运气。于是你打开了老式的手机，毕竟你用不起更加轻便的系统。此时你会为谁投票呢？没错，毫无疑问是 B。因为你无法得知 A 的长相，自然会选择 B。”

“两人的照片应该可以在官网找到吧，你说的这种情况……”

“他们不想去找，他们只是想要参加抽奖，人类不会对和自己利益无关的事情那么上心，至于选A还是选B对他们而言都不重要，这些并不能改善他们的生活，养活自己的家人。所以只要通过手机里的AR系统对准海报中的B，轻轻按下投票键就行了。而B的投票数上涨，又关系到谁的利益呢？我想你应该再明白不过了。”

“小初，我明白你说的每一句话。所以说，你认为是帕斯卡在背后主导这一切？”

比起投票者报复的结论，或许这个说法能让他安心不少。

“只是无法排除这种可能，当然，最坏的情况是两者都有。毕竟每次的作案工具都完全不同，当然这可能跟宣传海报的张贴位置有直接关系。”

“我倒是希望这一切是帕斯卡搞的鬼，至少他不想要我的命，不像那些极端的支持者，仿佛我成了他们的杀父仇人般。要是他们真的喜欢我设计的仿生人，那怎么着我也是他们的岳父啊！”

皮克曼叹了口气，换了个姿势在沙发上躺了下来，为了给他腾出地方，我向右挪了不少位置。

“流浪生活都没能夺去你的性命，更何况是来自暗处的唾沫与怒火呢。别想太多了，我会帮你想办法的。”

“什么办法？”

皮克曼激动地坐起身子，握住了我的手。

“这当然会是个好方法，哪怕是在最漆黑的夜里，大家都能看到它。它不会再受到一丝一毫的破坏，所有人都会目不转睛地欣赏你的作品，在清晨，在午夜，在全城最热闹的地方。”

我不知道皮克曼有没有听懂，但上帝应该是听懂了我的请求。在我说完这句话后，房间里再次有了光。成群的画作再次沿着有序的轨迹运作起来。皮克曼似乎在笑，只是那样的笑容很快就要看不到了，那个时候的我全然没有意识到这点。

## 六

总有顾客好奇我和他们做爱到底会想些什么？那他们又会想些什么呢？是在想自己身下的女人拥有让全世界男人倾倒的魅力，还是在思考自己今天有没有发挥出全部的实力？他们在和我做爱的时候仅仅是在思考“做爱”这件事本身。除此以外的事都不会考虑。说一个会激怒所有嫖客的比喻，一个在荒郊野外饿了三天的野狗终于找到了自己的猎物，它恐怕只会被进食的本能驱使，难道还会思考猎物被它吃掉前的心路历程吗？它自然无法得知，当然也没必要知道。再说了，这是我的工作。这是我从诞生之初就决定好的生存意义和使命。在工作时会想些什么呢？我想人类在这点上肯定比我更有发言权。不过我并不是要抱怨自己的工作，那只会出自人类的口中。我会认真接待每一位客人，在这点上我比大部分人类都要敬业。而且在服务完他们的身体后，心理上的服务也是必不可少的，今天的客人也不例外。

“小初，这是我第几次来找你了？”

留着浓密胡须的男人在我身旁穿起了衣服。

“十一次。”

我只花了零点一秒就得出了他的问题的答案。

“你每次和我做爱时都在想些什么？”

他没有看我，而是低下头去系鞋带。

“我在思考世界的起源、人类的进化历程，以及地球何时会毁灭。”

“小初，你看。原先那个电子广告牌上不一直都是你吗？现在怎么换成另一个仿生人了？那是之前参加了选美大赛的仿生人吧，投票应该还在进行中。”

我顺着他所指的方向看去，那个熟悉的电子广告牌早就换了好多天了。那是我的主意，为了能让皮克曼放心，我去找老板协商这件事，将所有的纸质宣传海报回收，转而用这种方式进行宣传，虽然宣传的费用变高了，但老板还是愿意为此花钱的，他对皮克曼的信心并不亚于我。后来发生的事也和预期的一样，在这样的宣传攻势下，皮克曼的投票数再次远超帕斯卡。其增长变化如果被画成曲线图，那一定会惊掉所有人的下巴。

“明天就是颁奖典礼了。”

“唉，连仿生人都要搞选美，而且收视率还比人类选美比赛要高。这个世界是怎么了！不过我也能理解，我对此再理解不过了。这一切的背后都是资本在运作，组织者赚到了投资费和广告费，设计者在获得奖励的同时也可施展自己的才华，至于观众们，他们充其量只是浪费了时间去投票。这个世界真的很无聊。我突然厌倦了赚钱的生活。”

“真好奇那些贫民窟的民众听到你的这番话后会做出何种反应。你每次在多米诺大厦挥霍的钱财足够他们养活一家老小一整年。”

“这年头钱越来越难赚了，反抗军的出现导致贸易通道受到了极大的限制，但是如果全部改成空运，成本又会增加。据说他们还在聚集更多的兵力，前段时间不是又停电了吗？”

他穿好衣服，站到了全景式玻璃窗边，似乎很享受俯瞰整座城市的感觉。

“大厦前段时间停过一次电，不过电力恢复得还算快。”

“反抗军不在乎破坏的程度，而在于宣传自己的主张，所以他们追求的是数量，而不是质量。如果他们真要在电厂待上两小时，半个城市都要停电一整天。”

“他们留不了那么久，考虑到撤退所需的时间。他们实施计划的时间非常有限，除非进行的是自杀式袭击，但他们明显是一支纪律严明的部队，而非游勇散兵。”

我说出了自己的看法，这样的对话在男人穿好裤子后十分常见，不是政治话题就是理想与人生，要么就是悲惨的爱情经历。我都听烦了。但毕竟是工作，我也说过，除了服务他们的身体，他们的心理也同样需要服务。

“你和反抗军不一样，或者说，你和人类不一样。反抗军在追求他们梦寐以求的东西，你从来不曾需要的东西。”

“我什么都不需要。”

“你觉得，那个巨大的广告牌离你远吗？”

“以人类的标准而言，很近，那块广告牌离我们七百六十五米，乘空中巴士的话几秒就能飞到，你的载具就更不用说了。”

“那小初你想过要飞出这栋大厦吗，飞到那块广告牌上，飞到更远的地方？”

“我没有兴趣，也没有必要。”

“是因为被条约束缚着吗？所有的仿生人都出不了这栋大厦，哪怕是你也不例外。”

“我比你更清楚自己的身份和处境。在人类看来，我只不过是任人欺凌的妓女，身份卑微，没有自由，但是人类的通病在于喜欢把自己的观点强加在别人身上。我对我自己的生活没有任何的不满，工作既不会让我感到反感，也不会让我丢失尊严，不过仿生人到底有没有尊严我也不清楚。在闲暇的时候就去酒吧坐坐，感到无聊就去泡澡，看看天花板上早就能把台词背下来的古早电影。想找人说话就去画室找皮克曼，每周给老板汇报他早就了如指掌的情况。但即使这样，我也未曾想要逃避大厦的生活。”

“我没有那方面的意思，小初。事实上你深受大家的喜爱，也被许多仿生人同伴崇拜着，不是吗？不过关于自由方面的观点的确是我自说自话了。从这一点上看，我们人类还是过于的软弱了，无法接受长时间处于封闭空间的生活。我会再来找你的，小初，毕竟今年过后就再也见不到了。”

他略带歉意地说出这番话，朝我挥了挥手后就离开了。

我在说出那番话后就感到后悔了，不该在客人面前表达自己真正想法的，这会影响他们的心情，下次再遇到这种情况还是糊弄过去吧，被无法言说的情绪困扰的我准备去浴池泡澡，可等我到浴池时却发现已经有许多仿生人泡在水中了。只要在这观察一会儿，就能看出每个仿生人的性格。喜欢扎堆在一块嬉戏的一定是活泼外向型的，喜欢在角落里一个人静静待着的多半是内向的。其中关系要好的会两人一组，她们通常在一起帮对方清洗身体，仿佛这样就能清理沉淀在体内的污秽。没错，在人类眼中，妓女是污秽的，但让女人变得“污秽”的恰恰是他们自己。如果他们的说法成立，那他们本身就是瘟疫的传染源。这么看，老板的那句话并没有错。

“男人都是脏得不行的生物。”

我在浴池里喃喃自语，开始想象现如今人类泡澡时的情景，或者说，人类的“澡堂文化”。我在许多老电影中看到这方面的影像，澡堂里还有搓背、按摩等服务，甚至还有一些“特殊服务”。那是人类隐晦的说法，也是嫖娼还违法的年代里的特定产物。但是现如今关于这方面的记载少之又少。也许是考虑到私密性，已经没有人愿意在浴池里洗澡了。

“小初，终于让我找到你了！好久都没在酒吧看到你了。最近客人很多吗？”

S-3 型仿生人被水浸湿的头发遮住了左眼，但我还是一下就认出了她。

“你是 14 号？”

“呀！你还记得我。之前的 13 号返厂维修了，结果一直没有回来。我已经完全接替她的工作了。”

说着，她亮出满是水滴的手背，我调整了视距，看到了散发着淡蓝色光芒的数字——14。

当她向我再次表明自己的身份时，我的数据库内却不由得冒出一个无比阴暗的想法：现在在我面前的 14 号的机体和 13 号所用的是同一个，13 号只不过是芯片损坏了，被重新替换了一个芯片而已。

“你见过 S-3 型 13 号吗？”

为了进一步佐证我的想法，我抛出了一个问题。

“没有呢，我只是听其他仿生人这么说的，有一天，13 号正在调酒，突然杯子掉到了地上，发出清脆的声音。她就那样突然停止了工作，接下来的事你都知道了，我被派来接替她。”

我不敢将自己真实的想法告诉她，就算真相就如同我想的那样。这并不是一件坏事，按照人类的标准而言，她最多只是失忆了。在仿生人的视角里，她只是丢失了过去记忆相关的数据。如果哪一天，我们真的忘掉了自己的身份，是不是就能和人类一样了呢？我可能永远也无法知道了。

“幸好产生故障的是一位调酒师，要是换成我们，客人被吓成阳痿也一点不奇怪呢。”

14号撩起遮住左眼的发丝，冲我笑了笑说：“小初，我能想象那些男人遇到这种场景的滑稽模样，但是你说的那种情况最多造成他们生殖器上的损害。要是换成在酒吧表演杂耍的杂技演员，她们一边在天花板上倒立行走，还能一边表演杂耍，就和在平地上走完全一样。要是她们突然掉下来的话，后果简直不敢想象。”

“她们不会掉下来，她们之所以能在天花板上倒立行走，是因为这里大部分的天花板都是玻璃材质的。她们的脚部，只要一和玻璃接触，其牢固性比你想象中要可靠得多。所以哪怕发生故障，她们也不会摔下来，而是会悬挂在天花板上，就像挂饰一样。事实上不光她们，我也可以做到这些，你也可以。只不过我们在出厂时就已经决定好自身的工作了，这一点和人类无法选择自己的出身是一样的。”

“小初净说些深奥的话，像学者一样。”

她挽住我的手，贴了上来。这个动作让我想到了35号，B-2型35号。她也对我说过类似的话。虽然她的灵魂被困在了那张小小的卡片内，但相比身处多米诺大厦的我们，此刻的她一定无比自由，无比逍遥吧。

“说起来，我们之所以来洗澡，是因为要保障顾客的健康。在人类的历史上，妓女给男人带来了许多的欢乐，以及数不胜数的传染病、梅毒、淋病、艾滋等。所以我们必须保证自身的清洁。那你呢，14号？你们这些服务型仿生人又是出于何种目的进入浴池的呢？难道只是单纯地想感受浴池的氛围吗？”

“才不是呢，小初。其实是因为……”

她有些不好意思地挠了挠头，这不得不让我感慨这一代仿生人的情绪变得更加生动多样了。

“我明白了，我是来洗去污秽的，而你，是来摆脱酒精的。虽然你并没有嗅觉，但是你害怕身上的气味会被顾客讨厌。可事实上，那些去酒吧的酒鬼正是在酒精雷达的指引下，才会找到你那儿去的。”

“小初虽然有想象力，但是并不正确。人类的那个词叫什么来着？对，凑热闹！我就是抱着这样的心情来浴池的。明天不是还有仿生人选美的颁奖典礼吗？不出意外的话皮克曼应该能捧起奖杯吧。小初你会去吗？”

“没兴趣，我看看直播就好了。我不习惯那样的气氛，而且结果毫无悬念。皮克曼到时一定会提到我的名字，向我表示感谢。我可不想在那种情况下走上舞台。简直像极了人类拍摄的各种选秀节目。”

“他为什么要感谢你？”

“啊？你不知道吗？他的绘画技巧可是我教的。”

在结束了浴池的洗礼后，我接受了14号的邀请去酒吧里坐一坐，白天里的酒吧像往常一样宁静，我挑选了靠近吧台的位置坐下。就在我思考要不要破例喝一杯时，入口处出现了一个怪异的男人，无论出现在何种场合，他一定会吸引在场所有人的目光。

“看来我来得不凑巧啊。大白天的到酒吧还能遇到想要买醉的仿生人，这可真是见鬼了。”

男人没有摘掉头套的意思，坐到了我旁边的高脚凳上。

“亲爱的帕斯卡先生，你今天来的目的是提前体验失败的痛楚吗？你那脏兮兮的机器人头套下是不是又多了几道骇人的疤痕呢？”

“我今天来不是为了吵架的，大厦会在明天举行颁奖典礼。我可不想跟随海量的人潮涌入大厦，今天来这里过夜才是最好的选择。”

“这样吗？我本来还想好好夸夸你的，因为你的确挺合适去吓唬不愿睡觉的小孩。”

帕斯卡这次没有对我的攻击做出回应，他只是淡淡地说了一句：“Golden Crush。”

之前察觉到我们之间剑拔弩张气氛的14号在听到客人的要求后终于开口了，她对我眨了眨眼，说：“小初可不能喝哦，你还未成年。”

“是啊，我既不会变得年轻也不会衰老，人类总希望自己永葆青春，希望自己的爱人永葆青春。他们把自己无法实现的梦想强加在我们身上，这是他们的一贯做法，毕竟他们对待自己的孩子也是如此。所以被赋予了人类意义上永恒生命的我也被称作永恒的少女，有些多事的客人则会叫我永恒的多米诺少女。”

“那是因为你的知名度太高了，多米诺大厦的老板几乎买下了全城的电子广告牌来帮你宣传，只是最近……”

帕斯卡的话还没说完，那杯“Golden Crush”就端到了他的面前。为了喝酒，这下帕斯卡你总得摘掉头套了吧，我暗自心想。只是接下来的发展让我始料未及，他对着14号说：“帮我拿根吸管，谢谢。”

如果这里有真正的酒鬼、狂热的酒精爱好者，一定无法容忍他堪比亵渎的行为，甚至在酒精的驱使下和他大打出手。那根吸管通过皮套的嘴部，架起了通往那杯酒的桥梁。

“你们艺术家多多少少都有点不正常，这么看的话，我反倒觉得皮克曼的行为模式还算是有迹可循。”

“是嘛，谢谢夸奖。”

泛着金色光泽的鸡尾酒不断冒出气泡，提醒着该把对话引入正题了。

“虽说你是个怪人，可你的人格魅力可真不小啊，帕斯卡。”

“哦？按小初的说法，似乎这并不是对我的赞美。你的描述符合任何一位独裁者。我可没有统治者那么霸道。”

“你在网上可谓一呼百应，有大量的粉丝愿意为你拉票，甚至做出一些过激行为，某些行为甚至违反了法律。独裁者用强权使人屈服，可你和他们完全不同。”

“小初，我明白你说的是什么事。但我要先申明，我没有组织过任何一件事，无论那些海报遭到怎样的破坏，都绝非我个人的意愿。”

他喝完了那杯酒，义正词严地说出这番话，而我在思考他话语中到底有多少的真实性。

“是啊，你不需要去指示他们，只要让你的粉丝们想想办法，维护上届冠军的荣光，并承诺一些不痛不痒的抽奖活动，他们就会揭竿而起。你无须告诉他们该怎么做，他们也一定明白，甚至比你更清楚。你不是独裁者，你是教皇，依靠的是信仰。”

帕斯卡叹了一口气，我无法想象此时皮套内的男人到底会是何种表情。他停顿了好久，最后清了清嗓子，说：“这个世界上的愚者是大多数，弱者也是大多数，所以愚者追随智者，弱者追随强者。你知道智者让愚者追寻的原因吗？是因为他们向愚昧的大众分享自己的学识？才不是呢，恰恰相反，他们正是占有了真正的知识，才会被当作智者。所以啊，那些愚昧的人之所以会做出不可理解的行径，并不是因为智者的误导，而是他们本身就愚不可及啊。”

“真有意思，帕斯卡。没想到你设计的仿生人毫不起眼，为自己开脱罪名倒是挺熟练的。”

“我并没有为自己开脱，而是我本身就无罪。用一句话概括，粉丝的行为与我无关。不管他们因此杀人、放火、抢劫，你不能把它们的犯罪归咎于我的错误。这和一千年前的某个国家把枪支导致的犯罪归咎于电子游戏有何区别？这只是某些人想要逃避责任的借口，不管是家长还是当权者都一样。况且……”

他迟疑了一会儿，晃了晃透明的高脚杯。

“况且什么？”

“况且得到粉丝的支持是需要代价的，他们对你的期待就好像父母对你的期待一样。早些年仿生人偶像团体还没有兴起的时候，粉丝们是不接受自己的偶像和他人恋爱的，仿佛那些粉丝买了几张唱片和写真就占有了她一样。人类的占有欲可真是奇怪，明明是自己得不到的东西，为什么不希望她获得幸福呢。他们为此耗费大量的金钱与时间，可总有一天，这些都会化为泡影。偶像大抵是需要和粉丝妥协的，我们艺术家也不例外。他们总是对设计的仿生人提出各种要求，而我会采纳他们呼声最高的那几项进行修改。我们之间只是单纯的供需关系，如果我不服从，我就会失去他们。你口中的教皇可没有这些义务。”

“连偷换概念也这么熟练，不过算了，投票即将尘埃落定。所有人都知道皮克曼设计的仿生人会获得冠军。”

我故作挑衅地说。

“是啊，所以得恭喜他。我已经拥有太多冠军的荣誉了，哪怕再多一个，也只是给一棵本就成形的参天大树修剪枝叶罢了。没错，对我而言只是锦上添花，事实上我觉得亚军也不错，因为此前我还没拿过亚军。”

“如果你真的这么乐观，那我对你的看法可就要改变了。”

我本以为吧台上的唇枪舌剑还会持续一会儿，可就在下一秒，突如其来的立体广播声打破了大厦原本的寂静。

“由于突发停电事故，多米诺大厦的备用电量将持续供电十分钟，十分钟后停止供电。请各位顾客保管好自己的财产，注意安全。”

帕斯卡从吧台上站起身，显得有些不知所措，他略带慌张地问：“这是第几次了？”

“最近的话，这是第二次了。怎么，现在是白天，你就害怕地想逃出大厦了？”

“我还有些事要做，再见，希望明天能在颁奖典礼上看到你。”

破旧的机器人歪着脑袋朝我挥了挥手，大摇大摆地走出酒吧。而我在吧台上沉思着，直到再次对上 14 号的视线。酒吧里昏暗的灯光也不复存在。

## 七

许多人毕生都在追求完美，武者在探究人体的极限，画家在追寻美学的极致，而对推理小说家来说，最能激起他们创作欲望的恐怕就是密室了。在我无限且漫长的生命中，我看过许多的推理小说，那些海量的信息在一瞬间就能塞进我的数据库，所以更准确地说，我只是把它们储存下来。我将所有类型的诡计做好了分类，发现密室题材格外引人注目，推理小说家在其中也花费了大量的心血。我也能理解读者们为什么对它津津乐道。民宅、体育馆、豪华别墅、老旧古宅等，推理小说家几乎穷尽了所有的可能性，他们热衷于能把世上的一切都变成密室。这些我都能理解，对仿生人而言，多米诺大厦何尝又不是一个巨大的密室呢？我唯一不理解的……我唯一不理解的只有皮克曼。

我唯一不理解的是皮克曼死在了密室中，以那样凄惨的方式死去。如果有人画出他死亡时的模样，他又会对这幅画做何评价呢？那一定不符合他的美学概念吧。他的灵魂是会去往天堂还是地狱呢？以他的生活作风去往地狱也并不奇怪，可要是去了天堂没有作画的工具，恐怕对他而言也与地狱无异吧。我衷心地希望上帝给予他宽松的创作环境。

不过这番话怎么也应该出自宗教信徒的之口，而非出自一位不信神的仿生人少女的口。人类的造物主是上帝，而我们的造物主是人类，换句话说，人类就是我们的上帝。可全知全能的神明拥有无限的寿命，普通的凡人则会被绞杀、枪杀、毒杀；会死于战争、饥荒、疾病；会溺死在海洋里，会被烧死在火焰中；会因为无法预料的意外死去，也会变成仇家的刀下亡魂。

皮克曼的心脏被匕首刺穿了，就像刺穿宣传海报上 A 的面部一样，匕首是走私物，上面没有发现指纹，警方无法查到匕首的生产商，因此无法找到是谁购买了这把匕首。这些都不重要，重要的是现场有明显的打斗痕迹，而且是个密室，画室的大门只有确认皮克曼的人像才能打开，而且现如今的技术早就不是一千年前的了，必须检测到活人才会开门，照片和视频根本无法奏效，除非是特邀VIP卡。由于举办颁奖典礼的关系，好几位客人在今天都拿到了VIP卡。但皮克曼的死亡时间被法医推定在昨天上午十一点到十一点十分这段时间，也就是开始播放广播后、即将彻底断电的那十分钟内。警方调查了所有仿生人看到的监控录像，发现十一点到十一点十分这段时间没有任何人进入画室。唯一还能算作证据的，则是画室隔壁的杂物间，那里存放了许多画板和作画工具。仓库里唯一的窗口可以通向画室，但问题在于窗口距离地面足有六米之高，现场的物品不足以支撑成年男性的重量，而且也没有重新移动过的痕迹，因此排除了有人从这里进入画室的可能。唯一可以算作嫌疑人的是金灿，当时某个仿生人在路过时看到了他从仓库里出来，时间是十一点零五分。根据他的说法，他只是想去仓库里参观一下。他当天来多米诺大厦的目的也是要出席第二天的颁奖典礼的缘故，理由和帕斯卡相同。

发现尸体的是一楼的送餐仿生人，她在画室门外待了很久，最后将这起事件报告给老板。控制枢纽就在老板的办公室，他可以随意决定房门的开启或关闭。之后，负责送餐的仿生人看到了皮克曼惨死的景象，那时是中午十二点零六分。

我对这起事件完全没有头绪，如果凶手在十一点之前从正门进入画室，那么他又是怎么在行凶后离开画室的呢？如果凶手从隔壁仓库里的窗口进入画室，那他是怎么进入画室的，又是怎么从中逃离的呢？不管从哪个角度考虑，我都不明白凶手是怎么做成这一切的。

事实上有许多工具可以为他们提供便利，无论是助飞器，还是弹床，等等。问题在于它们实在过于显眼，如果从大厦入口带进来的话，无论怎样都会被其他人看到。另外，弹床要考虑回收的问题，而助飞器又存在销毁上的麻烦，所以依靠外力逃出密室几乎成了不可能的事情。

就算是唯一的嫌疑人金灿，当天进入大厦时也没有背包，况且普通大小的背包根本无法容纳这样的工具，所以他不可能带这种工具进入。不过比起毫无动机可言的金灿，帕斯卡才是更加值得怀疑的对象，可他当天进入大厦时也同样两手空空。警方调查了两天内所有进入大厦的顾客，无论是协助飞行的设备，还是辅助弹跳的工具，他们都无法找到。我相信所有人都能感受到警察此时的挫败感。我也一样。虽然我并没有对皮克曼的死亡感到悲伤，最多只是有些不习惯而已，但我还是想要知道事件的真相，就像35号的那起事件一样，我无法容忍矛盾，更无法容忍疑问。

今天的颁奖典礼异常热闹，帕斯卡面带笑容，在观众的欢呼声中接过了沉重的奖杯，只有冠军奖杯孤零零地放在一旁，它会被放到皮克曼的墓碑上吗？我突然觉得这样充满仪式感的行为也许是必要的。

主持人对皮克曼的噩耗感到惋惜，之后将皮克曼的生平娓娓道来，把他的遭遇讲得生动有趣，仿佛亲眼见证了他的成长一般。我不敢在此时打开虚拟面板，全城的人一定会纷纷议论他，那些记者就更不用说了，我都替他们想好新闻标题了，什么“浪荡不羁的天才画家的传奇一生”“天才画家之死”。只要能够吸引足够的眼球，记者们就会想方设法挖空这个人的一生，其中包括流言蜚语与不可信的诽谤。在我受够了主持人为了煽情而做出的修饰后，终究还是离开了人群。我之所以感到愤怒，并不是因为我对皮克曼有多了解，而正是因为我完全不了解他。是的，我完全不了解他，他们对皮克曼又有多少了解呢，皮克曼甚至连他自己都不了解自己，更何况听了三言两语的无关人士呢？他们连昨晚吃了什么都记不住，就对他人的一生指指点点，像是了解他的所有，他们把自己当成了上帝吗？就算是造物主，又有什么资格对他进行议论呢？又有什么资格评判他的道德问题和生活作风呢？我不明白，仿佛皮克曼死后，这些人成了审判的铁锤，决定把他打进地狱还是天堂。而我，离开这场审判。是的，我自认为我没有投票的权利。

比起审判皮克曼，我还有更重要的事要做，首先是调查一遍现场。警方已经收集了所有的证物，并利用当下最流行的犯罪现场成像技术对案发现场进行了还原。目前现场处于开放状态，不过就算这样也没有顾客愿意进入画室，某些迷信就像是生根发芽了一般，就算经历了时间的冲刷、岁月的洗礼。对他们而言，去刚刚死过人的画室实在是太晦气了。据说在一千年前，如果一个房子的主人死于非命，房子本身的价值会大打折扣。虽然在我看来极为可笑，可在世界范围内，这条定理几乎通用。

我走进沉寂的画室，难以相信在几天前，这里还有一位画家和我谈论着他对美学的追求，时不时表达对我的感谢，以及即将拿到冠军奖杯前的喜悦。过去的一切随着人的离去逐渐分崩离析，唯有他遗留下来的画作还沿着既定的轨迹运行。是啊，某些人正是看透了生命的虚无，才会想在死前留下些什么吧。那些画是你存在过的证明吗，皮克曼？真可惜，我已经无法知道答案了。

庞大的画作群共十排八列，展示出来的作品总共八十幅，通往仓库的窗口在这些画作的尽头，也就是皮克曼作画区的墙上。因为窗口的位置和其中一列画作在同一条直线上，所以在

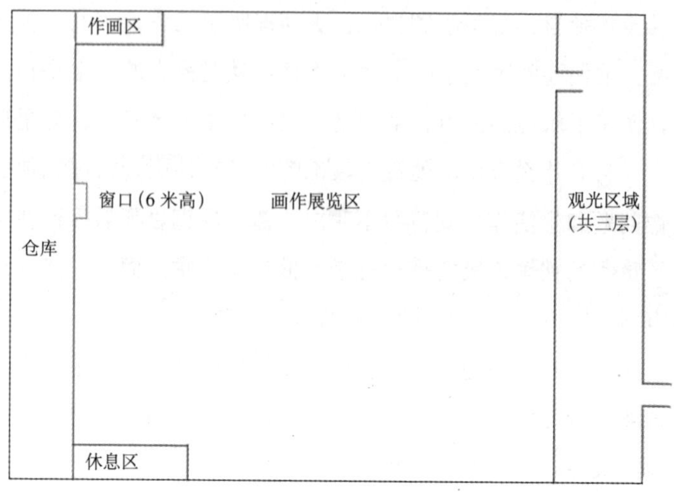


图四 画室平面图

它们沿着既定轨迹上下运动时成了最好的屏障，身处观光区的人们即使拥有再好的视力，也经常会被画作群遮住。我也是找了好久才找到窗口的位置。我离开了观光区域，穿过森林般的画作群朝作画区走去。

皮克曼死在了自己的作画区域，据说案发现场还有一张他未完成的画。他究竟画了什么我已经不得而知了，那张画已经被警方当成证物收走了。不过应该也并非重要线索，不然我那位渎职的警察朋友一定会告诉我。那是因为之前给35号的事件提供过线索，虽然直到现在他们也没有怀疑过我堪称误导的推理。之后我和其中一位警察成了朋友。这次的事件同样由管辖这片区域的警察负责。因为事件过于棘手，他在暗中向我求助，而我也得到了一些警方才知道的信息。

皮克曼死在了自己的画板旁，现场杂乱无章，不管是颜料盘还是画板都被打翻了。通往仓库的窗口距离他五米远，高度六米。仓库和画室仅有这一墙之隔，可仓库里即使有那么多杂物也无法用来垫脚，就更别说画室了。皮克曼作画区域的物件少得可怜，角落里休息的地方倒是有个沙发，但是用它来垫脚根本不现实。我一开始觉得心烦意乱，即使以人类的说法来描述，我也无法准确地形容。它对于现在的我而言，还是太难了吗？如果将这个疑问放任不管，我又会变得怎样呢？不，我无法容忍这样的自己，皮克曼也无法容忍这样的我。

我曾经问过皮克曼一句话："变得像人类的反义词是什么？"

皮克曼先是笑出了声，他完全没有掩盖自己失态的意思，又接着笑了好久。待笑声停止后，他表达了自己的歉意，摸了摸我的头，感慨道："我也不知道，反义词的话，不是人？不过你本来就不是人类嘛，小初。干吗想这些。你就是你，不过硬要我说的话，反义词大概是变得冷漠，虽说这个世界上有许多冷漠的人，对周遭的不幸视而不见，每天就想着如何赚取更多的财富。没错，这个世界到处都是这样的人。曾经有段时间，连我也变得和他们一样了。但是在我看来，如果变得冷漠，就无法算作人了。你明白吗，小初？"

我不会容忍数据库中的疑问，也不会变得冷漠。等着吧，皮克曼。我会找到答案的。

## 八

"小初，你在摆什么呢？"

14号好奇地看着我，对我手上的乐高展现出了浓厚的兴趣。

"乐高，在周边销售区买的，不，应该说是拿的。那里的服务型仿生人看到是我过来，直接送了我一盒。不过我到现在也不明白人类搭乐高的快乐到底源自哪里。”

乐高的建筑和人物充满多米诺大厦的主题风格，经常会有些顾客买回去当作纪念。昨天的颁奖典礼结束后，就有不少顾客涌入了周边商店，商店的销售额也会因此又创下新高吧。

“我听说皮克曼设计的仿生人量产计划暂时停止了，主办方似乎会参考投票者的建议，找其他的专业设计师进行一些修改。这太不尊重皮克曼了吧。”

“这是多数人的暴力，14 号。哪怕是作为调酒师的你，顾客们也会提出许多无理的要求吧，尤其是当他们成为一个群体时。”

“我知道，有些顾客喝醉了，就会起哄让我脱掉衣服。可是那明明不是我的工作，有时候害怕收到顾客的投诉，也只能满足他们的要求了，幸好他们没有做出更加出格的事。”

“委屈你了，14 号。我都能想象那样的画面，他们会对你的身体评头论足一番，然后借着酒精去找心仪的女孩过夜，在床上用不了三分钟的力气就会倒在一旁呼呼大睡。”

“这些都不重要啦，皮克曼到底是怎么死的呀？小初你这么聪明，应该已经知道了吧。”

“我不知道，我把所有的情况梳理了一遍，但终究无法得出结论。”

“小初你就大致和我说说吧，虽然我也不一定能听懂。”

“这次的事件并非完完全全的密室，所以我觉得应该先从显而易见的出口考虑，即使大多数可能性被否决了。”

“小初你说吧，如果可以的话，我去表演调酒为你助兴。”

“调酒？这是干什么？你和我都不能喝酒。难道是给皮克曼的？按照人类的习俗，死者的墓前会摆上一杯酒，虽然现在已经没有公共墓地了。皮克曼的遗体火化将在下星期举行，他的葬礼一定会十分冷清吧，毕竟他这人没什么朋友。如果我们可以走出这座大厦，我会尝试动员整个大厦的仿生人一块去，不过那也只是想想。说来也是，人类会被死者束缚，为了摆脱这种束缚才会参加葬礼。而我们一直都是自由的，所以也没有参加葬礼的必要了。”

“小初，能不能别一口气说这么多深奥的话，我完全理解不了。我的预设程序全都是和调酒有关的学问，根本不懂你说的那些。”

14 号的眼神里充满了困惑，而我也和她一样困惑。为什么我就比其他仿生人要特殊呢?

“好吧，让我们进入正题。我认为解决这起事件的关键就在于连接仓库与画室的窗口，那是之前的房间设计，在画室大刀阔斧改造时没有动。本来为了美观，那边应该封起来的，但皮克曼觉得这样也不影响，按照他的美学理念，有时候残缺也是一种美。”

“我听说那个窗口很高吧，足有六米。”

“那是因为我决定先考虑最简单的情况，只需考虑凶手如何逃离现场，而不需要考虑他们如何进入。”

“我大致理解了，用调酒的话来说，就相当于只看到了鸡尾酒的成品，而没有看到调制的过程。”

14 号拿起其中一个乐高模型，那是个微小的酒杯。店员送我的这盒乐高恰好包含了酒吧主题。

“虽然你举的例子不太恰当，但也无伤大雅。这次的案件目前可分为两种情况考虑：一、凶手在十一点前进入画室，行凶后从窗口逃了出来；二、凶手从仓库的窗口进入画室，行凶后再从窗口逃出来。如果是第一种，只需要考虑凶手如何逃出来，分析起来更加方便。”

“那小初认为凶手是怎么逃出来的？我去过画室，那里有个沙发吧，可以用来垫脚吗？”

“沙发没有移动过的迹象，但即使用到了沙发，以普通人类的弹跳力而言，也完全不够，更何况……”

“更何况什么？”

14 号不停摆弄着乐高，接替了我原本的工作，她显然对此产生了不小的兴趣。

“更何况沙发还要考虑回收的情况，即使凶手借助了某种物体垫脚，也还要考虑如何把它还原，或者让它彻底消失。”

“是啊，我能想到的小初肯定全想过了。”

“可是警方也没有找到类似助飞器的设备，使用这类设备倒是能轻而易举地逃脱。但缺点是太过显眼，而且会在现场留下启动后的痕迹。警方彻底勘察过现场的地面，所以这种情况也被排除了。”

“真复杂呢。那凶手有没有可能从正门逃出去？”

14 号嘟哝着，不知道她是觉得搭乐高太难了，还是我的推理过程超出了她的芯片处理速度。

“绝无可能，哪怕是在停电前，凶手也需要皮克曼的面部识别才能打开正门，而且还得是活人。在十一点到十一点十分这段即将停电的时间里，正门一直处于其他仿生人的监视之下，所以不管从哪个角度考虑，凶手都绝对不可能从正门离开。在十一点十分停电后，正门更是失去了打开的可能性。就算是面部识别也不管用了。”

“所以说，凶手想要从正门逃出去，必须借用皮克曼的人像对吧，而且还是在皮克曼没有死亡的情况下？”

“没错，14 号。这样根本行不通，就像是没有调酒工具，却让你调出一杯酒来。”

我能感受到她眼神中的困惑，不过我觉得此时的我一定比她更加困惑。她的本职工作是调酒，从出厂的那一刻就决定好的，绝不是在这和我一起思考密室之谜。那我呢？我的本职工作又是什么？妓女吗？换个好听的说法，性服务者。还是说……侦探？侦探生下来就注定是侦探吗？妓女生下来就注定是妓女吗？算了，现在可不是想这些哲学问题的时候，那些问题有足够的时间去想。比起人类有限且微小的生命，我拥有无限且漫长的时间去思考世上的一切。

“那，如果在皮克曼没死的时候，利用他的肖像开门呢？”

14 号提出了一个大胆的设想，此时她的芯片一定在全速运转，开始发烫了吗？估计再过一会儿，散热功能也要启动了。

“如果是这样，凶手需要在十一点之前打开门，这样才不会被人看到。此时皮克曼还没有死去，假设凶手用某种方式胁迫他，比如用匕首抵住他的后背，这样确实可以达到目的。但是尸体又是怎么出现在画室内的呢？而且凶手这么做冒着极大的风险，万一被人看到了就全完了。”

14 号还在思考眼下的乐高该如何搭建，在她大展拳脚的时候，不小心弄掉了其中一个细小的物件，它在空中划出一道明显的抛物线，最后在地上滚了好几下，掉落在离我们几米远的地方。这给了我不小的灵感。我叹了口气，继续说：“说不定他是从窗口扔进去的。”

14 号突然来了精神，她甚至忘记捡起掉在地上的乐高，就迫不及待地开口了：“扔进去，什么扔进去？”

“用扔来说也许并不准确，简单概述一下我的想法吧。凶手胁迫皮克曼走出画室，在画室外给了他致命一击，最后再用某种方式让尸体出现在画室内。但绝对不可能是扔进去的，如果是扔就一定会有明显的痕迹，而且有可能造成皮克曼骨折。所以凶手大概是用了某种像鱼竿一样的东西，皮克曼就是鱼线上的诱饵，被慢慢地放下去。”

“即使是这样也很困难吧，小初。”

“首先要考虑的是凶手怎么布置整个场景，如果想把皮克曼慢慢放下去，他就必须自己先到窗口的位置。光是实现这一点就很困难，其次要考虑他运用了什么诡计，如果真的是钓鱼线，皮克曼的身上一定会有严重的勒痕，但是法医并没有检测到这些。如果通过像投石机一样的机器把他扔进去，那么他身上一定会有摔伤或骨折的痕迹，但同样也没有找到。”

“小初你说了一大圈，简直就像十种不同品类的酒全部倒进了一个容器里一样，完全不知道该怎么办了。”

“是啊，我的推理太过混乱了。对我而言，它可能已经超出了我的能力范围。”

“怎么会呢？小初，你可是解决了 D 先生那起事件的名侦探啊。同伴们都很喜欢你呢！”

说着，14 号将我一把抱住。简直和人类的安抚方式一模一样，我在心里暗自感慨。也不知道她的安慰起到了几分成效。

“我还是将这种可笑的想法完全推翻吧，凶手并不是早就预备了谋杀计划，而是迫不得已实施了这次犯罪，现场的打斗痕迹证明了这一点。如果是早就构思好的计划，实施起来会顺利很多，让他喝下奇怪的饮料，又或者是在背后偷袭，不管怎样都行，现场绝不会变得如此凌乱。而且凶手没有必要在还没有杀害皮克曼的情况下，冒着极大的风险挟持他走出大厦，所以从正门逃出的想法被完全否定了。他一定是在现场完成了谋杀后，为了逃避罪行才想办法把现场变成密室的，所以不会携带预先准备的工具。至于匕首，他应该是习惯性带在身上防身用的。这样想才比较合理。”

“你的意思是说，凶手没有借助任何外力，就逃出了那个密室？”

“是啊，他没有携带任何用于逃出密室的东西。这样想才比较合理。除非……他是在实施犯罪的过程中被发现了，不过我觉得现代的杀人手法多种多样，如果真是事先预谋的杀人计划，也不会选择匕首这种凶器，它的不确定性太大了。这更加印证了我的猜想。”

“小初，你说的那个凶手简直就像空气一样，来无影去无踪的。这怎么可能嘛。唉，那是什么？你快看！快看啊！小初。”

她用手指向全景式玻璃窗外的天空，有辆空中巴士正以惊人的速度冲向对面的大厦，几乎就在一瞬间，我听到了剧烈的爆炸声，甚至感受到了地面的震动。接着火光四溅，升起的黑烟笼罩了一切。

即使不看新闻，我也在下一秒就理解了现在的事态。

“突发事件，十点五十三分，一伙武装分子挟持了三〇七号空中巴士的司机对绿叶大厦实施了自杀式袭击，现场一片混乱，接下来有请前线记者为我们带来更详细的报道……”

虚拟面板上迅速跳出了本次事件的新闻，不过那已经不重要了。空中巴士在天空中划过的弧度，就像一颗闪耀的流星，在我的数据库内反复地播放着。在我的眼中，它真是无比的“自由”呢。在那一瞬间，我终于明白了凶手逃出生天的方法，那条通往自由的道路，明明一直在我眼前啊。

## 九

我知道凶手总会回来，不管是出于自责还是猎奇般的快感，他们总会回来。

金灿在画室里接过我手中的画，那是皮克曼生前的作品。画室空空荡荡的，那片画作群消失了，按照既定轨迹运行的画作全都被取了下来。并不是其他原因，而是眼前的这位贵客要买下皮克曼生前所有的作品。

“你也知道，小初，大部分画家在生前籍籍无名。可一等到他死后，过不了几年就会有人对他的画作产生浓厚的兴趣。哪怕只是几张废纸，其本身的价值也会翻上几倍。哦，请你不要误会，我并不觉得皮克曼先生的离世是件好事，事实上，他的离去是全人类的不幸。但不可否认的是，他的画作会永远流传下去。”

金灿摘下礼帽，露出让人厌恶的笑容，那只鹦鹉今天没有跟在他的肩上，不然又得打断他说话了。

“金先生，你还记得之前的那件事吗，你提出的叉子模型？”

“我当然记得，我亲爱的小初。”

“我现在明白了。”

“明白什么了？”

金灿他一定无法理解我此刻的心情吧，面对我志在必得的表情，他只是困惑地看着我。

“你是凶手吧，金先生。”

“你可真会开玩笑啊，小初。”

金灿笑着说，我能听出那笑声中隐藏的尴尬。

“我一直在思考，凶手在突发状况下行凶，为什么没有在凶器上留下指纹。除非……除非他手上原本就戴着手套，这仿佛已经成为他的习惯一样。”

我盯着他的黑色手套，发起了我的第一次进攻。

“哦？仅凭手套就能确定我的凶手身份？”

金灿不安地用左手握紧右手，神情依旧镇定。

“当然不能，你已经把那个手套销毁了，应该是冲进下水道了吧。没有了证物，当然不能确定你的凶手身份。”

“我听说现场是密室吧，即使我在匕首上留下了指纹，那我又该如何从密室脱身呢？小初，你该不会连这点都没想到吧？”

他的言语中带着戏谑，但我会让他为自己的傲慢付出代价的。

“现场是个不折不扣的密室。明明是突发的杀人事件，在没有任何外力的借助下，凶手竟然能神不知鬼不觉地逃出去。我不得不夸赞你的想象力，金灿，也不得不佩服你的运气，恰好遇上了断电。”

“哦？这么说你好像知道了些什么似的，那就别卖关子了吧。我倒想听听你们仿生人有什么高见。”

“在排除了你从正门逃出去的可能性后，那就只有通往仓库的窗口能作为逃生通道了，而且也有仿生人目击到了你从仓库走出来。”

“这个窗口可一点也不矮吧，凶手是怎么爬到那么高的地方去呢？”

我能感受到他的呼吸正慢慢变得急促。

“这个简单，你只要让你那只鹦鹉把你叼走就好了。”

“小初还真是幽默呢，客人们一定很喜欢你的俏皮话，但我希望你把它用在更加合适的场合。”

金灿将手中的画放在一旁，严肃地看着我。

“好，你既然不喜欢笑话，那就让我来讲讲你更不喜欢的事吧。”

“什么事？”

“关于你手中的那幅画，以及这里所有的画。简而言之，是关于画的事。”

“这些画怎么了？”

“我一直在思考你今天过来的目的，是凭借着出色的商人眼光，才决定买下皮克曼生前所有的作品吗？你感兴趣的是仿生人，而不是他的作品，不是吗？你应该也不明白每种艺术风格的区别。所以到底是什么驱使着你买下这些画的？凭着天才般的商业嗅觉？别开玩笑了，要是靠直觉做生意，所有的商人都得去贫民窟讨饭。在这点上，你比我更清楚。”

“你误会了，小初。我之所以买下他全部的画作，是因为我打心底喜欢他的画。这跟他本身的艺术价值无关。”

“哦？是吗？难道不是因为留下的作案痕迹会让你寝食难安吗？”

“小初，你！”

说着，寒光乍现，突然出现的匕首在白光的照射下发出骇人的光芒，朝我的脖颈袭来。他漆黑的瞳孔里闪现着杀意与怒火。我低下身子，闪过他的突刺，朝他屁股重重地踢上一脚。

“啊！”

他无法控制平衡地跌坐在地，痛苦的尖叫声在画室里回荡，随后是无法抑制疼痛的哀号。

“仿生人条约补充条款，当人类想要对仿生人产生实质性伤害时，仿生人可以在适当情况下进行防卫。”

“啊……啊……”

他的哀号声比之前小了很多，但还是无法正常说话。

“很痛吧，那是自然的，毕竟你前几天骨折了嘛。我可没有专门练过，用你们古中国的话来说，那应该叫作功夫吧。我没学过功夫，对你造成的伤害只是火上浇油罢了。”

我伸了个懒腰，拿起一旁的匕首，缓缓向他靠近。

“小初……你想……啊……”

他再次大声尖叫起来，之前是疼痛，而这次是对死亡本能的恐惧。

“别像头猪一样乱叫了，你给我闭嘴。”

我愤怒地将匕首刺了进去，他闭上了眼睛。

“我之所以不杀你，是因为仿生人有自己的条约，而你们人类有自己的法律。我没有审判你的权利，虽然我可以通过逼问的方式得知你是怎么逃出密室的，但那是对我的侮辱，也是对我的创造者的侮辱。”

匕首刺穿了他的大衣，与他的身体仅有毫厘之差。

“哈……啊……啊……”

他不停地喘着粗气，因为恐惧而放大的瞳孔死死地盯着我。

“你给我听好了，金灿。你不会真以为我和皮克曼一样不堪一击吧。我是仿生人，拥有比你们人类更强健的体魄也是理所当然的。怎么？这么惊讶？我可不是任人宰割的花季少女，在我的眼里，你们人类全身上下都是破绽，想杀掉你就和进食一样简单。只是因为仿生人条约的关系，我无法进食，自然也无法杀掉你。”

“我不是凶手。”

他不敢直视我的目光，胆怯地说道。

“是啊，你不是。你一开始没想杀掉他，你以为能用钱收买他。但是你错了，你认为一切都可以明码标价，可这在皮克曼那里行不通，艺术家和商人最大的不同在于，艺术家有自己的创作原则，而商人没有原则。是时候揭晓谜底了，金灿，准备好接受自己的命运了吗？”

金灿将头转向一边，不再说话。

“这一切得从你买下皮克曼设计的样品说起，也就是 A。不过她马上就要有自己的名字了，这些都不重要。重要的是在你买下 A 之后发生的事。皮克曼突然宣布不会对自己设计的仿生人做出一丝一毫的更改。这意味着什么？这意味着之后出厂的商品将和你手上的样品一模一样。你无法接受这件事吧，只要他进行更改，哪怕只是修改睫毛的长度，对你而言，你手上的这件样品就是独一无二的，它独一无二的特性会一直保持下去。为了保持它的特殊性，你想到了一个下流的手段。哦？你终于有反应了，你的手在颤抖呢。”

我给了他一记标准的左勾拳，接着说：“如果警方追究我防卫过当的错误，我就说你想要强奸我，于是又给了你一拳，你明白吗？你觉得，他们是会相信我呢，还是相信一个杀人凶手呢？好了，言归正传，你找到了一批人为你卖命，在全城的大街小巷毁掉了 A 的面部。只要这么做，那些只是想参与抽奖活动的普通民众就会毫无理由地选择 B。如果 A 没有夺冠，自然就没有量产的可能性。一开始，你的诡计十分奏效，直到老板回收了所有纸质海报，换成电子海报进行宣传，这下你无计可施了，对吧？”

“你既然都知道了，为何不一口气说完呢？”

他双眼无神地盯着天花板，一副认命似的表情。

“眼看着 A 的票数再次超越了 B 的票数，你心急如焚。于是你在颁奖典礼前一天亲自找到了皮克曼，希望他做出修改自己作品的承诺。但是他拒绝了，是的，无论你开出多高的价码，他一定会拒绝，皮克曼就是这样的人。之后你们发生了肢体冲突，你随身携带的匕首派上了大用场——一击致命。而且幸运女神真的非常眷顾你，再过一会儿，马上就要停电了。”

“是啊，如果不知道停电后，多米诺大厦的所有用电设备都会重启，我也不会做出这种超越常识的决定。”

“我也是因那次恐怖袭击而获得了灵感。他们和你一样，都在追求自由。好了，该揭晓谜底了。你在杀死皮克曼后，启动了画室的控制面板，其中的一列画作和通往仓库的窗口在同一条直线上，你将它们全都停了下来，接着将那一列上所有的画作调整成合适的角度，依次从上往下排列，形成一个漫长的滑梯。接着，你跑到观光区域的三楼，翻过护栏，从上方滑下去。沿着那条通往自由的道路滑下去。不过比起这个，看上去也存在更为简单的方法，你只需要在离窗口最近的画作下落的时候，想办法留在上面就行了。等它自动上升你就可以找机会从那个窗口跳出去。可皮克曼为了保证每一幅画作的安全性，它们自动运行时离地面的最低高度是四米。任何人都跳不了那么高。但如果去使用可以拿来垫脚的东西，很容易被警方识破。还有一种方法就更不用说了，如果你把自动运行的画作调整到手动状态下落到地面，你无法让自己坐在画作上时同时启动它，控制面板距离画作有着很远的距离。于是你用了更铤而走险的方法，正是那种方法让你获得了自由。”

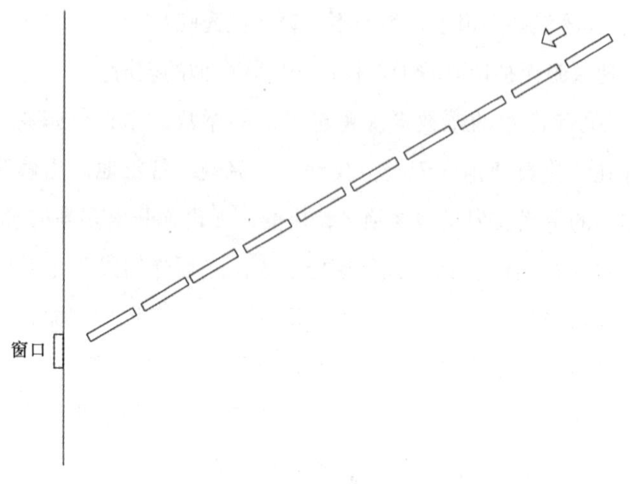


图五 核心诡计

我打开控制面板，轻轻地戳了几下，继续说道："当然，追求自由是需要付出代价的，反抗军付出了他们的生命，而你，只是让屁股骨折了。你摔到了仓库的地板上，在休息了一段时间后从里面走了出来，然后处理掉自己的手套。来电后，所有的用电设备都会重启。画作会沿着既定轨迹上下运动，警察当然不会发现其中的异样。"

"真不愧是多米诺少女，我之前对你的看法没错。我没有资格给你估价，你的确是不可多得的无价之宝。"

他现在的眼神仿佛一只丧家之犬，总会让我想到第一次见到皮克曼时的模样。按照人类的说法，找到真凶会让受害者的在天之灵得到安息。我突然不明白自己追求真相的动力到底为何，我本该清楚的。数据库内再次循环起了皮克曼的那句话："当你拥有可以改变大部分同伴命运的力量时，你会坐视不管吗？"是啊，皮克曼。我改变了你的命运，正是因为我的建议，宣传海报才会被替换成电子的，而你也获得了冠军。我确实改变了你的命运，你也因此得到了荣耀和财富。但无论是荣耀或财富，我想都不如你的性命重要吧。皮克曼，你没有告诉我，当你试图改变一个人命运的时候，命运也会开始捉弄你。对不起，皮克曼，我不会因此自责或者悲伤，因为我就是我。现在可不是伤感的时候，该让这出闹剧结束了。

“是吗？在第一次见到你时，我就给你全身上下估好价了，除了一个问题没有答案，当然，经过这次事件，那个未解之谜也最终有了定论。”

鞋子：三千克黄金。

裤子：两千五百克黄金。

腰带：一千克黄金。

衣服：五千克黄金。

手套：两千克黄金。

礼帽：一千五百克黄金。

手表：六千克黄金。

鹦鹉：五百克黄金。

金灿：无价值。

# 间章　一封加密过的电子邮件

嫖客们的好哥们儿、仿生人的领导者、算无遗策的商人、宅厚仁心的慈善家、富人区的实际掌权者、贫民窟的常驻救济者、制造商的盟友、多米诺大厦的董事长、多米诺大厦的国王：

我们收到您的邮件，董事会上层高度重视这件事，所有的技术人员已经开始着手修复工作。还请您耐心等待。

唉，我们都是老朋友了。这些样板式的客套话就免了吧。我想哪怕你每次只是看到前面那行字，你那暴躁易怒的老毛病就又要犯了。请原谅，我之所以写了那么多完全不同的称呼，只是因为我某次叫你时，忘记称呼你的全名，你就对我破口大骂。我知道，那其中包含着你祖母以及曾祖母的姓氏，对你而言意义非凡。哦，亲爱的，如果每个人都像你一样严苛要求他人，那国际命名法还有什么意义？不过真正的原因说不定是你不喜欢别人叫你的名字，毕竟你的下属都管你叫“老板”。你一定还没脱离夜行性生物的习性吧，明明你没有监视整座大厦的必要的，随便雇个人就可以了。我知道，你在享受当上帝的乐趣。但是我很早就劝诫过你，如果不能控制自己熬夜，那就早点儿写好遗嘱吧。

对不起。这话可能说重了。你一定还没习惯我的黑色幽默，你不会投诉我吧？希望不会。我听说你的那些破事了。你那栋大厦怎么了？是不是得找个阴阳师驱邪，那种迷信时代下的特殊职业说不定真能帮你起到转运的效果。还是说，你更愿意相信现代占卜师？哦，那些戴着黑色面纱的奇怪家伙我倒是认识几个。他们会让你摸摸水晶球，然后问你看到了什么。其中一些资历较深的还精通心理学，你想试试的话我倒是可以为你引荐一下。

如果你此时在我面前，一定会握紧拳头，然后大声斥责我说你是个无神论者，对宗教学和神秘学都不感兴趣。我知道，我和你还是同窗好友时，你就这样。大家都聚在一起讨论星座与怪谈时，只有你在思考着怎么从我们手中赚钱。在学生时代你就赚到了自己的第一桶金。你向我们兜售了许多华而不实的东西，并且总能说服我们买下。那时的我就想，你一定能成为一个出色的商人。你懂得察言观色，在别人滔滔不绝时总能做一个合格的倾听者，遇到沉默寡言的人也能三言两语打开他的心房。我那时的梦想，就是成为像你这样的人。直到在某次和你谈论塔罗牌的正位与逆位时，我终于在你眼神细微的变化中察觉到了你的厌恶。是的，即使你没有和任何人说过你讨厌什么、喜欢什么，我也明白你并不喜欢我们之中任何一个人，你之所以想和我们成为“好朋友”，只是因为我们有利可图，所以那些本该告诉朋友的话你都藏得死死的。

好了，我都跟你摊牌了，我确实知道你不喜欢神秘学相关的事，可这事实在是太邪门了。连续一个月，五个仿生人的头部接连消失。这么一比，之前听说的那两起事件根本不算什么。我说真的，你那栋大厦也确实该装上全方位监控了，每一层都得装上！那些四处走动的仿生人根本无法做到无死角的监控。

不过嘛，你的心思应该也不在大厦的经营上了。至于理由，你和我都明白。

不过我想你即使装上了监控，恐怕也无法找到那仿佛幽灵一般的罪犯。你应该调查过所有仿生人的监控录像，在凶手可以完成凶手的那段时间里，那正是多米诺大厦营业的高峰期，每个顾客都应该被仿生人监控到了，他们不是在酒吧里就是在床上。你一定跟走进大厦顾客的总人数做过对比。按照这种排除法一定能找到凶手，如果不能的话，那只能说明你那栋大厦出鬼了。毕竟那些仿生人除了失去头部外，其他地方都没有遭到破坏的痕迹，这说明仿生人在此期间没有反抗。我的天哪，仿生人又不是人类，没有人能给他们喝下安眠药。她们的自我保护程序一定会启动正当防卫系统。仿生人条约补充条款里清清楚楚地写着——当人类想要对仿生人产生实质性伤害时，仿生人可以在适当情况下进行正当防卫。

她们一定会进行正当防卫！这怎么想都不合理。除非是某种还未发现的病毒，让她们的程序发生了错乱，破坏掉了自己的头部。这可能吗？我们的安全系统是所有同类产品中安全系数最高的，退一万步讲，就算有这样可怕的病毒，那消失的头部又去了哪里？是被贫民窟里捡垃圾的流浪汉捡到了，拿去当球踢了吗？仅仅是因为她们的脸型比较圆？

我知道，这一切都太荒谬了，你也一定为此感到害怕。如果真的存在这样连环杀人凶手，虽然受害者是仿生人，但说不定下一秒凶手就会无声无息地出现在你背后，在刹那间收割你的人头。我在上学时不是和你讲过一个可怕的怪谈嘛，我和所有同学都讲过那个故事，他们大都被吓得魂不守舍，甚至不敢自己一个人去厕所。你是不是不记得了？故事发生在校园里，班上的一个女生由于饱受校园欺凌最后选择了自杀，跳楼去世了，她落地时头着地，满身是血，所有人都无法认出她。后来，每过一个月，班上就会有人离奇死亡，死者的头部都消失了。曾有人在其他地方看到了他们死去的同学，可就在下一秒，他就把自己的头拿了下来，手中歪曲的面部继而露出诡异的微笑。故事到这里就结束了，可只有你，在听完后镇定自若。

我不知道你的镇定，或者说麻木，到底是为了展示自己的男子气概硬撑的，还是你本身就是个坚定的无神论者。这些都不重要了，重要的是，此刻的你一定想弄清事件的真相。你害怕这是某种暗示，就像谋杀前的预告函一样。但是你也知道，预告函不一定会成真。所以也不必如此大惊小怪，如果你真的害怕，大不了可以直接拆掉大厦嘛。反正到了年底你也要关门歇业，去投资其他更能带动经济的行业，让我想想，以你的眼光，也许会去投资代孕业？这对你来说确实是个不错的选择。但你一定不会在此刻拆掉大厦，最后一个月，那些嫖客一定会尽力享受这最后的狂欢而采取报复性消费，就像是我们毕业前，不也在酒吧里办了淫乱派对吗？你肯定还记得那件事，没染上性病可真是走运。

嫖客不会放弃这最后的狂欢，你也不会放弃这最后的赚钱机会，榨干他们口袋里的钱。虽然他们被榨干是心甘情愿的，无论是他们的钱，还是身体。不过对你而言，多米诺大厦既然有一个好的开头，也一定要有一个好的结尾。你想让它圆满收场。可就像许多电影里的情节一样，并不是所有事情都能迎来一个美好的结局，你知道泰坦尼克号吧，它在第一次出航时就沉没了。

哦，我可没有其他意思。我在此衷心地祝愿您早日找到凶手，不过，如果之后再出现类似的事件，我们可不会提供免费的维修服务了。也许看在昔日好友的情分上能给你打个八折？

——你真挚的朋友伊文

# 间章　一位新上任的警察

“这么简单你都办不好吗？”

我听过无数次类似的话，这么简单的事，到底指的是什么样的事，到底又有多简单呢？知道“1+1=2”是一回事，要证明它成立又是另一回事。如果许多人都觉得一件事简单，那它就一定简单吗？那充其量只是对大部分人而言是简单的，只是因为这样，就可以批评少数人的能力吗？

是啊，捡起地上的六便士对所有人而言都轻而易举，那对双目失明的盲人又如何呢？如果我把这番话说给我的上司，那多半下一秒我就会被告知：你该拿上你的行李滚蛋了。

我并非想把自己和盲人做比较，而是真切地认为只有擅长与不擅长之分，而非简单与困难的区别。同事们总喜欢聚在一起看足球比赛，也喜欢对球员们的进攻路线和防守规划指手画脚，时不时批判一下其中几位球员的球技。即使这样，我想他们也应该明白自己与职业球员的差距。成为职业球员需要与生俱来的天赋以及大量的训练，成为职业刑警又何尝不是呢？我之所以对此有着诸多的抱怨，只是希望我的上司们多给我一点时间，只要再给我一点时间，我就可以证明自己的能力了，而不是现在就抛给我一个这么大的案子。

这可真是个棘手的案子，我想哪怕是再资深的警察，也会陷入思考的瓶颈。我真不知道上头怎么会把它交给我。究其原因，一定是我的同事大都被分派去支援军队了。虽然我在学校学过刑侦学，但那终归是纸上谈兵，更何况我并没有将那些知识好好消化过。我想，上头实在是找不到其他人了吧。只能让我这样平平无奇的新人负责这次调查，在我出发前，我的上司还拍了拍我的肩膀告诉我："这次的事件很简单，就交给你练手了，你可得把握好机会。"

我在上学时就经常听到类似的话，在艰苦的体能训练之前，教官总会为我们打气。在毕业时，大家都会经过一系列的测试，不光是体能的，还有心理的。"和谐"系统会通过一系列的数据评定每个人的资质，所有人都会被分派到最适合自己的工作。我不知道是因为自身满腔的正义感，还是因为出众的体能，总之我最后被分派到了东城区最大的警局。

我在刚毕业那会儿疾恶如仇，自认为对这个混沌的世界有着独特的见解和清楚的认识。我见识过贫民窟骨瘦如柴的穷人，也感受过有钱人生活的纸醉金迷。我想要改变这个世界，想改变世界的不公。这样天真的想法直到现在还未从我的心中完全抹去。为了达成这个不可能完成的心愿，我试着观察我的上司以及周围的同事，深入地了解他们的工作方法以及专业技能。他们擅长深入搜查，深入审问，以及……深入女人的裙底。

你们不要觉得奇怪，我在上学时也和你们一样，觉得警察是正义的化身，是秩序的维护者。然而等到我入行以后，才发现它只是一项工作罢了。每个人都一样，不论是为了谋生还是养家糊口，这并不丢人。我跟随他们的脚步，学会了如何搜寻线索，房间里的每个物件在我的眼里都有可能成为证据。在这之后，我又看了许多心理学的书籍，能越来越熟练地从罪犯的嘴里套出我想要的信息。

我仅仅花了两周就学会了他们的工作方法和专业技能。是啊，现在的我擅长深入搜查，深入审问，唯独不擅长深入女人的裙底。他们带我去不合法的性服务场所，你们也知道，仿生人早就取代了人类的卖淫活动，但依然有许多女性在看不见的角落里出卖自己的身体。我的同事们通常会叫上几个女孩来陪酒，我能感受到营养不良阻碍了她们身体的成长，明明是稚气未脱的脸庞，却要在成年人面前赔笑。我为同事们的行径感到羞愧，但为了彻底融入他们的圈子，或者说，为了不让自己显得格格不入，我也和他们一样挑了一个女孩，只是因为她看起来比较外向。请不要误会，我可不是依靠下体驱动的生物，我只是想在同事们释放性欲的时间找个人聊聊天。大约十分钟后，我就能得知一个女孩的不幸是如何产生的，而我的同事们也释放完了自己的欲望。

不过我也并非失去原始欲望的人类，毕竟我不想承认自己是性无能。我只是单纯地无法容忍自己的违法行为。在我眼里，那些仿生人女孩明明更加漂亮，技术也应该更加娴熟，可同事们却依旧知法犯法，还美其名曰拯救贫困人口。更何况，这座城市合法的性服务场所数不胜数，其中最大的就是我这次调查的地点——多米诺大厦。

之前也说了，我的同事们都去支援军队了。这对我来说当然是个“好消息”，我因此被任命为此次调查小组的组长，坏消息嘛，就是这个小组只有我一个人。要知道，在这之前已经来过好几批我们的人了。这一连串事件或许并不会引发巨大的社会动荡，甚至没有造成人员伤亡，仅仅是仿生人失去了头部，换言之，就是造成了财产上的损失。这已经是第五起事件了。要知道，一个仿生人的价格快赶上我一年的工资了。如果找到了罪犯，就算是再好的律师为他进行辩护，法官也绝对能给他判个死刑。前提是，如果能找到的话。

但凡来过多米诺大厦的警员，全都一无所获。我的同事们可不像我，他们来的时候还带了大量的现场鉴定人员，可得到的线索只是微乎其微，但至少我们锁定了凶器，如果没错的话，那应该是一把类似电锯的玩意。之前多米诺大厦也发生过类似的事件，仿生人头部被敲得粉碎，身体被分解了。我们锁定了一位装有巨大机械手臂的义体改造人，甚至连证据都找到了，但因为缺乏动机还是将他放走了。可我们很快就后悔了，因为没过多久，他就音信全无。

我搜寻了整座大厦，但说是搜寻，其内容与闲逛无异。我明知道自己不可能找到任何线索，现场的证物早就被之前的同事带走了，档案保存室的证物和证据也早就被我翻烂了，它们无法给我提供任何帮助，为了让自己显得忙碌，也就是没有功劳也有苦劳的模样，我才决定来多米诺大厦的。不过要说完全没有收获也是骗人的，我还是发现了这五起事件的共同点。这项共同点之前并没有引起同事们的注意，那些被斩首的仿生人都是在十层被发现的，多米诺大厦的顶层。只有全城最有钱的那批人才有资格到达这里。如果不是因为调查，我可能这辈子都没机会在十层俯瞰整座城市吧。每个仿生人遇害的那天晚上，十层的多米诺少女都没有预约。也就是说，顾客不应该去那里，而遇害的仿生人也同样没有理由前往十层。我们调取了所有仿生人的监控录像，和当晚进入多米诺大厦的顾客经过逐一对比，没有发现任何一位顾客有作案的可能性。至少他们完全没有作案时间，少数几个离开仿生人的监视范围也只是去了厕所，两分钟后就又出现在了其他仿生人的视线里。这几乎是个无解的密室，无解的监视密室。那是我从推理小说里学到的名词，一种密室类型。可偏偏只会发生在推理小说里的事，却让我遇到了，我都不知道这是幸运还是不幸了。

最后，束手无策的我们只能从赃物的流动去向入手，如果罪犯想要把仿生人的头部带出大厦，肯定会带着背包或者行李箱。我们调查了随时携带行李的客人，通过全城的监控调查他们的行动轨迹，在此期间也分配了大量人手渗透进黑市的边边角角，但全都一无所获。要知道，仿生人的脑内芯片是最值钱的部分，如果罪犯将她们的头部带走甚至不是为了销赃，难道是为了收藏不成？天哪，一想到可能是猎奇犯罪我就毛骨悚然。如果真是这样，我只能说罪犯可真是一位博爱的收藏家，毕竟遇害的仿生人是完全不同的五个类型。他不会想搞全套收集吧？这又不是收集卡片！那种 TCG 类型卡牌现在早就不流行了。等等，卡牌……多米诺骨牌……整个多米诺大厦只有一个人有作案的可能性。他不会被仿生人监控到，也可以随意差遣每位仿生人，但问题是，这对他而言又有什么好处呢？

我在多米诺大厦的商店里思索良久，甚至不知道自己是真的陷入了沉思还是在盯着货物栏上琳琅满目的周边发呆。抱着赎罪的心情，我在纪念品商店里掰着手指头数清楚了我同事的数量，最后总共买了三十个骨牌。可到最后，只有一位同事收到了，如果有人问我其他同事为什么没有收到礼物，那我只能告诉你，我庆幸自己没有去支援军队。

# 间章　另一封被加密过的邮件

浑蛋早泄男伊文：

能收到你的邮件可真高兴，高兴得就差没把你绑上飞船送去火星了。如果你什么时候想通了，想为外太空的城市化贡献一分你的绵薄之力，我一定出全款把你送出地球，因为我不想再看到你的脸了，你明白我的意思吗？

你还敢提上学时候的那些破事，质疑我和你成为朋友的动机。如果我的拳头能够通过“云”系统打到你，你现在早就在ICU了。再说了，我也没从你们身上赚多少钱吧。凡是我自认为熟识的朋友，我几乎都是按进价卖的。还记得我卖给你的那套完全沉浸式VR设备吗？我毫不夸张地告诉你，我仅仅赚到了一杯可乐的钱。你难道没看过其他平台的价格吗？但凡你有点感恩之心都不会说出这种话。每次朋友间聚餐，几乎都是我请客吧。你们这些朋友丝毫不懂什么叫作客气，就会一个劲儿地点自己爱吃的菜。每次看到账单时我都头痛不已。

我知道你们排挤我的原因，我毕业以后远离了你们，和你们减少了交流。那时我刚刚自立门户，每天为生意奔波不停，自然无暇管理自己的人际关系。我不像你们，被系统分配到了合适的岗位，我不想被系统选择，我想开辟一条属于我的路，这就是我和你们的区别。我知道你们排挤我的原因很大程度上是因为嫉妒我，嫉妒我是那么的自由，而你们只能被安排到固定的岗位里日复一日地消磨自己的生命。当我拥有了大量财富以后，我明白了人性是怎么一回事，自然也对你们的心态了如指掌。许久不联系的好友们再次找到我，可是往往寒暄不了几句，话题就会围绕着那个字展开，没错，就是“钱”。

其内容大致如下：

“借我一点钱吧。”

“我有急事需要用到一笔钱。”

“帮我投资一笔钱吧。”

我原以为可以和昔日好友聊聊过去的事，可聊来聊去，我们之间的话题俨然只剩下钱了，你和我也不例外。

好了，说正事吧。多米诺大厦的情况你已经了解了。说实话，我才不在乎到底要付多少的维修费，那对我而言都是九牛一毛。我想知道的是凶手怎么躲开重重监视的，又为何要带走她们的头部。我甚至怀疑是哪个竞争对手使用了某种高科技的手段完成了这次犯罪。可是还有一个月，全城的性服务业就都得关门了，新法令在明年一月就会生效。我的竞争对手个个都是聪明的人精，绝不会在这种时候来破坏我的生意。我们都是资本家，算得清这笔账。

排除了竞争对手，那就只剩下为了利益铤而走险的小人了。警方调取了所有仿生人的监控，但是一无所获。我自己也看了一遍，仔细地对比过当天顾客的数量，没有发现任何有疑点的客人。如果我们的多米诺少女，也就是小初，在事件发生的时候在十层闲逛就好了，那几天她没有客人预约。她的监控一片漆黑，应该是陷入了休眠状态。

在我排除了所有可能后，我听取了你的建议，从我复杂的关系网中找到了一位备受推崇的占卜师。他来到了我的办公室，战战兢兢地拿出一副塔罗牌，之后是一大堆我听不懂的神秘学名词。在我还没发怒之前，他又从口袋里拿出一个水晶球，说了一大堆故弄玄虚的咒语，让我轻轻地抚摸它，并询问我看到了什么。水晶球上什么也没有，我随便说了个答案，告诉他我看到了海洋。没想到他听到后一副世界即将毁灭的模样，没说几句话就赶忙离开了，离开前还不忘告诫我赶紧离开大厦。我此前虽然不相信这类神棍的说法，但那位占卜师惊恐的表情绝对不是装出来的。更何况，他离开时也没有问我要一分钱的报酬。

唉，事实证明占卜师也是靠不住的。我还是更愿意相信小初，我本以为她会像之前一样，只要给她几天时间，就能知道这起事件的真相。但是我错了，也许是这次的事件远超她的能力范围吧。不过我相信她的芯片还在不断地进化，她之所以无法解开谜题，更大的可能性是失去了对此类事件的兴趣，这可不是什么好兆头。你还记得当初我找你们定制小初所花的费用吗？当你们听到我愿意开出的价码时，你们董事长甚至无法掩饰自己脸上的惊讶，他一定是觉得自己听错了。当然，当你们听到我的要求时，更是惊掉了下巴。不过嘛，小初变成现在这样也远超我的预料，在未来，她或许会有很高的研究价值。如果所有仿生人都像她一样，我们人类就要退出历史舞台了，不是吗？

你期待那一天的到来吗。亲爱的伊文？

——你的昔日好友

# 多米诺少女

所以，我赐予你们这面镜子。在这面镜子下——

美丽会变得丑陋。

善良会变得邪恶。

真诚会变得虚伪。

谦虚会变得傲慢。

智慧会变得愚昧。

——摘自《人类的缺陷》 小初著

## 一

男人对仿生人的了解知之甚少，就如同他们对枕边人的了解一样少。当然，也许是身体了解到了一定程度，就不需要再了解对方的内心了。不过也有许多好事的男人问过我不少稀奇古怪的问题。仿生人在做爱时会想些什么？仿生人在休眠时会做梦吗？他们对自己的魅力总有错误的判断，甚至希望所有的仿生人在休眠时都能梦到他们。如果真的有人这么想，那我只能建议他们去买块好枕头，多米诺大厦的商店里就有许多。

事实上，仿生人在休眠时什么也不会想，这么做的目的也只是单纯地减少能量的消耗。可人类总喜欢在未知的领域按照自己的想法去理解，杀人需要动机，至少是人类自认为可以理解的动机。死于非命的人需要好好安葬，不然他们的鬼魂就会缠着你不放。他们从未杀过人，只能试着理解杀人犯的动机。同理，他们没死过，只能试着理解死后的世界，依据他们的理论、方法、经验。我不能说他们的结论是完全错误的。如果有人愿意相信杀人犯的自白，那些愚蠢的猜测自然会变得毫无意义。如果有人能听到亡者的……算了，还是听不到为好。

我已经在床上呆坐了一小时了，玻璃窗上满是雨滴，淅淅沥沥的雨声在我的耳边循环，或许它永远都不会停下吧，不知为何我产生了这样的想法。远处的广告牌在雨幕下模糊不清，但我依旧认出了广告上的人和宣传语，那是皮克曼设计的仿生人，现在应该被取名叫 N-9 型 8 号。外表和皮克曼最早的设计有着不小的区别，但正是因为这些改动，才造就了她的大卖吧。

我无法得知在另一个世界的皮克曼看到这副景象会做何感想，不过我也不需要知道了，就像所有人都不知道下一秒会发生什么一样。

“突发事件，今日，在地下活跃的一伙武装分子发出了犯罪宣言，其首领决定在全城各地投放病毒。政府正在竭尽全力搜寻病毒的源头，目前还无法确认病毒的危害以及类型。为了安全起见，希望各位市民在这段时间减少外出。”

播报员神情凝重地念完了这条新闻，早在半小时前，反抗军就在网上发布了预告，据说这种病毒会导致全人类的灭亡。导致全人类的灭亡，会让人联想到什么？全世界投放一百颗原子弹或许会达到这种效果。不过反抗军的说法会更容易让人联想到生化病毒，这在丧尸题材的电影里十分常见。大家都变成了行尸走肉，慢慢蚕食自己曾经的同胞。

不过有一些小道消息佐证了传闻中的病毒或许没有那么可怕，一些自称反抗军的内部人员透露，病毒只会剥夺人类的生育能力，具有极高的传染性。在某些人眼里，这甚至可以说是福利，因为这可以帮助他们免费避孕。但在另一些人眼中，这和导致全人类灭亡没有本质区别。区别只是一瞬间还是一百年后。等到所有的人类失去了生育能力，也就意味着全人类的灭亡只不过是时间问题了。

我不能理解无法生育给人类造成的恐慌，我也没有必要理解，仿生人既没有生育的能力也没有生育的义务。他们从诞生之初就被贴上了标签，调酒师、服务员，抑或是妓女。我们无孔不入地渗入这个世界的各个行业，造物主似乎希望我们包揽所有我们能做到的事情，其中也包括代孕。但实际上，真正的有钱人会选择人造子宫，只是价格极其昂贵。除了人造子宫以外，还有大量提供代孕服务的公司可供选择。但是考虑到性价比，一些人也会直接去贫民窟找个女孩，因为没有中介费，其价格也比正规公司要低廉许多。这种不合法的灰色地带直到现在还依旧存在着。

是的，我无法理解人类不管通过什么方式，都想把自己的DNA传递下去的执念，他们不惜借助外力也要让自己的子嗣诞生。为了彻底了解他们的心理，我阅读过许多书籍，也看到过不少有趣的说法。

有人说，许多人只是被迫生下孩子，他们迫于父母的压力、世俗的眼光，不得不顺从他们的想法，和自己不喜欢的女孩结婚，然后生下孩子。

也有人说，人类之所以拥有性欲，就是生育的本能在作祟，生孩子这件事是再正常不过的了，从生物的繁衍角度来看。

还有人说，人类自古以来就在追求永生。无论是灵丹妙药，还是得道成仙。方法各式各样千奇百怪，但无论人类怎样尝试，终究要面对自己的死亡。即使科技发展到了这般程度，人类的寿命经过医学的锤炼，达到了此前无法想象的高度，但相比永生还是太过渺小了，更何况，那是还属于富人的专属权利。于是人类终于想通了，孩子将会作为他们生命的延续继续下去。为了逃避死亡的恐惧，他们才会生下孩子。换言之，没有生死概念的我们从一开始就是永生的，我们缺乏对死亡的恐惧，自然也无法理解他们的心情。

不过我听说反抗军都是一群不想生孩子的人，只是我不明白到底是无惧死亡造就了他们的丁克，还是丁克给了他们对抗死亡的勇气，还是说……对自由的向往早就超越了对死亡的恐惧。

是的，反抗军是一群无惧死亡的战士，而普通人大抵是怕死的。即使只是说不清道不明的病毒，依旧有许多人在社交媒体上大呼小叫。

“世界要完了。”

“世界要毁灭了。”

“世界要终结了。”

人类总喜欢把自己的灭绝和世界的毁灭挂钩，仿佛他们只要一消失，整个世界也就化为了乌有。可即使人类全部消失，海洋还是海洋，地球还是地球。不如说人类如果消失的话，那些被人类当作食物的物种全都能获救，换句话说，人类如果毁灭的话，这个世界也就安全了。不过我并不期望人类毁灭，他们的存在与否都与我无关，可只要一看到反抗军的新闻，就无法控制自己想到D先生的事，过了这么久，他还好吗？

## 二

老板粗大的手指不停抚摸着左手上的祖母绿戒指，漆黑的办公室寂静无比，即使我增强自己的听觉，最多也只能捕捉到他的呼吸。这样的沉默让我联想到警察在审问犯人前的施压。

如果是意志力薄弱的犯人，可能早在三分钟后就缴械投降了，只可惜，我是仿生人。在这样的沉默持续了五分钟后，他终于沉不住气似的开口了："小初，最近怎么样啊？"

"最近客人相比之前有所增多，与我闲聊的话题也有所改变。从原先的事业、爱情等问题变成了社会现状与反抗军导致的混乱。"

"这倒算是在情理之中，社会的变化关系到了每个人的命运，不光是他们，还有我，还有你，小初。你还记得反抗军对绿叶大厦的那次恐怖袭击吗，就是我们对面的那栋大厦？那次事件以后，周边的客流量大幅度减少了。"

说着，桌面中心升起了一副骨牌。我已经记不清这是他第几次拿出来了。他将骨牌依次摆好，接着说："所有人的命运都像这副骨牌一样，看似都是毫无关系的个体，实际上又紧紧联系在一起。"

"许多人在举例子的时候都会联想到爱情，但老板你就不一样了，不管什么事，你似乎都能和骨牌联系在一起。"

我撩起挡住左眼的发丝，即使看不清老板的面容，但长期学习人类使我养成了不少这样的习惯，其中包括但不限于打哈欠、发呆时看天花板、用大拇指按电梯，等等。

“我可不是生搬硬套。只要听我说完你就明白了。如果把我们都比作骨牌中的一环，那么政府是其中的第一个骨牌，它颁布了一系列政策，惹火了一部分人，才会导致反抗军的成立；反抗军成立后，大量的普通市民加入了反抗军；绿叶大厦由于受到了政府的资助，成了他们的攻击目标；绿叶大厦遭受恐怖袭击后，周边的客流量大幅度减少，这间接影响到我们的生意，而我们的生意一受到影响，小初你接待的客人就会变少。”

“是嘛，听你这么一说。还真的挺像骨牌的。”

我走到他的跟前，推倒了第一个骨牌。

“虽然受到了影响，但是我们的固定客源依旧十分稳定。反抗军不会攻击我们，客人们还是放心地来到这里消遣。”

“为什么你能断定反抗军不会攻击我们？”

我对老板的说法感到困惑，商人的头脑并不是想学就能学到的。

“那是因为我们也是政策的受害者，从某种角度来说，我们和反抗军处于同一阵线，至少目前是这样。所谓敌人的敌人就是朋友，小初你应该明白。”

“是啊，我明白。就跟投票制度一样，如果最后要二选一，即使选民们谁都不喜欢，多半也不会弃票，他们只会投给不那么讨厌的人，或者说，投给讨厌程度相对较轻的那一方。迫使人们走到一起的，并不是相同的喜好，而是无以复加的厌恶啊。”

我从中抽出一副骨牌，骨牌上画着皮克曼的肖像。那是他去世后老板找供应商定制的。皮克曼夸张的笑容似乎在表达自己对世人的轻蔑。为了表达对他的纪念，骨牌供应商选择了他生前的自画像印了上去。

"已经是第六起了，小初。"

老板的语气突然变得沉重了起来。

"我知道你说的事，也知道你对我抱有期待，但是我无能为力，我对此感到抱歉。"

我低下头去，避开了他的视线。

"你不必自责，我没有为难你的意思。搜寻证据，追查凶手，那是警察的职责，既非你的工作，也不是你的责任。你之前找出凶手已经大大超出了我的预期了。只是……"

老板突然从座位上站了起来，在我面前毫无规律地四处踱步。

"只是什么？"

"我只是不希望你沉浸在皮克曼过世的悲伤中。他虽然是个不可多得的天才，但世界上的画家要多少有多少，少了一位天才肯定会有新的天才涌现。我给他办了一场盛大的葬礼，他的所有亲朋好友也都去了，可以说我尽到了老板的义务。更何况，等到了年底，我也不需要这位天才了。"

说着，他从我手中拿走了那副骨牌。

"我想你应该是搞错了，我不能正常地感知悲伤与喜悦。如果只是人类的情绪，我倒确实能明白，只要把他的感受和行为做对照就好了：哭泣就是悲伤，笑容代表着喜悦，疼痛会哀号，噪声刺耳会捂住耳朵。这是五岁的孩童都明白的道理。只是我……"

"你在怀疑你所有的情绪都是预设好的吗？"

老板叹了口气，将手中的骨牌放回桌上。

"不，我怀疑的并不是这一点。而是我无法感受疼痛，我不明白你们说的痛感到底是怎么一回事。我也不明白何为噪音，可能只是分贝超过一定数值的声音就可以算作噪音了吧。但我并不会对分贝过高的声音感到困扰。至于站在高处会感到头晕目眩就更不能理解了。还有哭泣和笑容，我从未哭过，但是却经常笑。我并不知道只要笑了是不是就可以算作喜悦，只是我面对每一位客人时，都必须面带笑容。因为这是我的工作。那是否就能说明我在接待客人时是开心的呢？我不明白，我完全无法明白。”

“唉，小初，人类的情绪也没有你想的那么简单。人类之所以是人类，是因为他们擅长隐藏自己的情绪。他们感到开心不一定会笑，感到悲伤更不会哭泣。他们会把自己的软弱藏起来，会把自己的锋芒收拾好，戴着假面面对每个人。”

“我当然明白，我见过无数这样的人，所以才完全无法理解人类的情绪，它是远比杀人动机更为复杂的东西。”

“你认为你缺失的部分是某种缺陷吗？”

“我并非人类，按照仿生人的制作标准，我比她们任何一个人都要完美。好了，这次的汇报也差不多了，我可以走了吗？”

“去吧。”

老板慵懒地挥了挥手。

从办公室离开后，我决定去酒吧里找14号聊天，至于酒精嘛，最好还是别碰为好。

白天的酒吧像往常一样冷清，就连吧台上的14号也不见踪影。就在我以为她应该在休息室休眠时，她突然从吧台底下探出头来，要是毫无防备的客人看到这一幕，一定会被她吓坏的。

“小初，你怎么来了？”

或许是之前的客人向老板抱怨这里的调酒师穿着太传统了，她今天换上了黑白色调的女仆装，这肯定能引起那群酒鬼的热议。语言上的骚扰估计也无法避免。

“用人类的话来说，应该是来找你闲聊吧。你刚刚在忙吗？”

“我刚刚在整理杂物。最近来的客人比之前要多，许多调酒要用到的东西得提前准备好。”

她一边擦拭着手中的酒杯，一边看向我。

“14 号，你讨厌过现在的工作吗？”

当我问出这个问题时，我就后悔了。我明明知道答案的。

“那倒没有，这不是我必须要做的事情吗？如果不需要我调酒的话，我就没有存在的必要了。”

“如果不需要你调酒的话，你想做些什么呢？”

我在吧台前坐下，盯着她刚刚擦拭干净的酒杯。

“如果不需要我调酒的话，那我大概会流落街头吧。”

她可怜巴巴地望着我，那眼神像是在说——如果真的有那么一天，请援助一下我。

我在书本上读过古代赛马的故事。在马主人眼里，他手里的马匹只不过是流动的商品，只有他们跑到第一才能为他创造价值。如果哪一天跑不动了，它们会被毫不犹豫地执行安乐死。这么看，它们最为耀眼的时刻，就是在赛场上奔跑的模样吧。

“我们何尝又不是呢？”

我喃喃自语。

“小初，你在说什么啊？”

即使不看她的脸，我也能够感受到 14 号的困惑，她一定不明白我在说什么吧。

“没什么，我想问的是，14 号你不想走出大厦看一看吗？”

“大厦外会有什么有趣的事吗？”

“应该会有吧。”

虽然我这么回答，但是我知道，知道多米诺大厦之外是血管般交错的城市，人类栖息在自己的弹丸之地，到处都是暴力与杀戮。大厦外并不一定比大厦内要好。

“我还是觉得在多米诺大厦就挺好的。”

“为什么？”

“因为有要好的伙伴嘛，在工作之余可以见到小初我就很开心了。”

“你觉得那种喜悦……”

我抑制住了问出这个问题的想法，我并不想知道那种喜悦到底是预设的程序还是她发自内心的感受。那种事情都不重要。因为我也曾经向别人说过类似的话，只是现在的我并不这么想。

“小初，真不明白你在想什么啊，感觉你总会想一些深奥的问题。”

她轻轻地摸了摸我的头，我却没有任何感觉。人类之所以喜欢身体上的触碰，是因为能感受到对方的反馈，而我们仿生人只是在单纯地模仿人类罢了。

“你觉得没有触感，无法感受到疼痛，是一种缺陷吗？”

我终究问出了这个难以启齿的问题，我想知道其他仿生人对此的看法。

“好奇怪的问题啊，小初你最近怎么老是问这种奇怪的问题。我不太明白什么是缺陷，只能大致猜测一下。不过我看过酒吧里的暴力事件，一位客人在醉酒的状态下拿起手中的酒杯砸向另一位客人的头部。那位客人流了好多的血，直到被抬走前都在不断地呻吟。看着真可怜。如果他没有痛觉的话，就不会那么痛苦了吧。”

“14 号，你说得对。可人类恰恰把感受不到疼痛看作是一种缺陷。在他们的世界里，有一种叫无痛症的病，得病的人对疼痛感受迟钝。可就是因为无法感受疼痛的人是少数，才会被他们当成异类。不过说不定，能感受到疼痛的人才是有缺陷的，无法感受到疼痛的人才是完美的。”

“小初，我们别聊这些深奥的话题了，你今天来是要喝酒吗？”

“为了确保我的机能正常运转，我最近滴酒不沾。”

我双手做了一个“X”的手势。

“我做的那杯鸡尾酒托老板送去了，好像是某种葬礼的习俗，要在死者面前摆上几杯酒。可是皮克曼明明都喝不到，这么做有什么必要吗？”

“这样啊，那应该是被老板偷喝了吧。”

为了避免冗长的科普，我决定和她开个玩笑。

“怎么会？他想喝随时可以来喝嘛。小初你是不是觉得我是笨蛋？”

“你才不是笨蛋呢。你是我见过最聪明的仿生人了，14 号。”

“真的吗？不过说起来，最近的事你有头绪了吗？”

她将擦拭好的酒杯整整齐齐地摆放在柜台上，我想所有客人都能从吧台感受到整齐划一的美感。

“我还没调查过，怎么了？”

“没什么，只是觉得这不太符合小初的性格。小初明明是无法忍受未解之谜的侦探嘛，感觉突然变了一个人似的。”

“因为有些事情自己知道就好了，不需要说出来。”

“小初还真是神秘呢，既然小初不愿意说，那我就不再过问了。不过我之前听说小初制服金灿的时候特别帅，老板似乎将那段监控拿去做宣传了，于是又有许多客人慕名前来，指名道姓要见你呢。不过一听到你的价格，一个个都变得垂头丧气了。”

“慕名而来？他们只能看到金灿挨打的场面，又无法看到我。难道说他们都有特殊的癖好？那种客人我也接待过不少，这个世界是平衡的，有人喜欢施虐，那一定有人喜欢受虐。”

“怎么会呢，大家不都喜欢看坏人被制服的场面嘛，我看电影里经常有这种剧情。”

“浴池里放的那些电影？ 14 号你之所以会去泡澡，难道还有这个原因吗？”

“我只是想要了解很久以前的人类是怎么生活的。这方面的记载很难找到，大部分还要花钱购买。”

“我和你们不同，许多知识在我诞生之初就储存在我的数据库内。我只需要在适当的时候调用就行了。”

“真好啊，要是我也有这样的功能就好了。”

“是嘛，还好你不是人类呢，14 号。”

“为什么会这么说？”

“因为在这种情况下人类大多会产生嫉妒的心理，嫉妒别人拥有自己没有的。容貌、财富、才能，大多离不开这三样。这世上因为嫉妒而杀人的绝不是少数，这正是人类可怕的地方。”

“完全无法理解，人类的世界对我而言还是太复杂了。果然……”

“果然什么？”

“果然我还是只适合待在多米诺大厦，至少身边还有许多同伴。”

“说实话，我开始有些羡慕你了。”

“小初你怎么突然这么说？”

“没什么，只是觉得自己应该返厂维修了。”

“可是小初你看上去很健康啊，身上也没有损坏的零件。”

“是啊，那是返厂维修也修不好的地方。”

就在这时，我眼角的余光注意到了酒吧入口的人影。我将视线转向入口。如果在高峰期，他白色西装蓝色领带的搭配一定能引来所有客人的异样目光。来多米诺大厦的顾客通常都是为了消遣，即使不是为了找个女孩过上一晚，也会选择去泡澡或是美美地吃上一顿，所以很难见到像他穿着这么正式的人。

“White Dream。”

他在我旁边的高脚凳坐下，点了一杯最近十分流行的鸡尾酒。

“这位客人今天是来谈生意的吗？”

我摆出一副招牌微笑，冲他眨了眨眼睛。

“你是小初吧，我听这里的老板说过你。果然就和他说的一样，你确实很聪明。”

“让我猜猜，你在寻找投资，而且和仿生人的生意无关？”

“猜得真准，能具体猜到我是什么行业的吗？”

他调整了一下高脚凳的高度，以此来减少我们之间的高度差。

“让我想想，应该是代孕业吧。”

“你是怎么知道的？”

他两眼放光，像是见到了不可多得的珍宝，就连14号端到他手边的酒都没有注意到。

“直觉，少女的直觉。”

我总不能告诉他“是我调整了视距，瞄到了从他口袋里露出一角的名片”吧。西德里生命孕育，应该只有代孕行业的公司会取这种名字。

“真是难以想象，我猜那些和你上床的男人，他们在你面前不仅生理上一丝不挂，心理上也一样。你一定把它们看得一清二楚了。”

他的胡须上已经沾了不少酒滴，酒杯里的冰块也冒了出来。

“我可没有窥探客人隐私的乐趣，除非他们亲口告诉我他们的秘密。”

“哦？有意思，我想听听小初关于代孕业的看法。”

“无可奉告。”

若是我开口表达我真实的想法，肯定会惹恼眼前的客人。于是我决定回避这个问题。

“这样啊，那就让我来说说我的看法，虽然或多或少带有主观上的偏见，但还是希望你可以耐心听完。”

“请便。”

我和他对视了一秒，又将视线移到了14号身上。她正在清洗客人刚刚喝完的酒杯，显然对我们的话题丝毫不感兴趣。如果她是人类的话，一定会打上一个大大的哈欠，然后在吧台上睡着吧。

“在代孕业还没有合法化时，就有许多年轻的女孩为了金钱出卖自己的身体。在我看来这和卖淫没有本质区别，而当时卖淫已经合法化了。直到女性运动慢慢崛起，政府开始关注底层女性的权益，性服务业被仿生人所取代，许多性服务场所陷入了破产的境地。他们没有足够的资金去购买价格昂贵的仿生人，像小初这样的更是没人能买得起。”

“恭维的话就免了吧，还请继续说下去。”

“新法令导致许多女性因此失业，她们赖以生存的手段就此消失。虽然她们的职业称不上光彩，但至少不会饿死。换句话说，政府剥夺了她们生存的权利。运气好的话，她们可以找到地下卖淫场所领取一些微薄的工资，而当时依靠代孕为生的女孩就和她们的处境相差无几，工作环境差，报酬低，没有医疗保险，她们能不能活着看到明天的太阳全靠上天的眷顾。而后，代孕法案出台了，代孕业从此走上了飞速发展的道路，一切都欣欣向荣。那些女孩终于得到了她们应有的工作环境和报酬，我们还为她们制定了孕妇专用食谱，让她们在怀孕期间得到充足的营养补充，以此来保证胎儿的健康成长。可以说，正是因为我们的存在，才保证了更多女性的权益。”

“能不能保证更多女性的权益我倒不知道，比起女性权益，你们更关心的恐怕只有那串迅速上涨的数字吧，你知道我在说什么。”

“呵呵，小初不同意我的看法吗？”

他没有生气，反而面带笑容地反问我。

“我不喜欢从任何人口中听到符合自身利益的谎言。哪怕这谎言可能变成真的，或者说就是真的，我也不想听到。”

“比如说？”

“比如说，如果是多米诺大厦的董事长，他肯定会说：‘我们的存在帮助社会降低了性犯罪率，也让那些没有自信的男人重拾了自己的信心。’如果是仿生人制造商的董事长，他肯定会和他们的员工说：‘我没有让你们强制加班的意思，在年轻的时候积累更多的经验，可以让你们更好地在这个社会立足。’售卖沉浸式 VR 设备的老板会说：‘游戏可以提高人的反应速度和大脑的学习能力。适度游戏有利于青少年的健康成长。’这些话可以从社会学家、历史学家、科研人员的嘴里说出来，但唯独不能从他们自己的口中说出。我讨厌的正是这一点。”

“抱歉，让你感到不快了。我还有点事要做，有缘再见吧。”

话音刚落，他没有多待一秒，就从座位上起身离开了。14号注视着客人的背影，直到他完全消失在视线中，才轻声问道：“小初，你是喝醉了吗？”

“别开玩笑了，我不会醉，也没有喝酒。”

“小初刚刚的状态像是醉汉一般。”

“是嘛，我说了不该说的话吗？”

“至少我觉得不该和客人说那种话。”

“那也许……我真的喝醉了吧。”

晶莹剔透的酒杯里反射着我的面容。我真的醉了吗？恐怕只有狄俄尼索斯才知道吧。

## 三

“真想像她一样漂亮啊。”

“我要是也像他一样有钱就好了，什么都能买到。”

“你看他身上的肌肉，有个强壮的身体真是比什么都重要呢。”

人们或多或少都会产生这样的想法，我虽然不是人类，但是我在大量的书籍以及影视中看到过类似的话。人类把这种情绪叫作“羡慕”。人们会羡慕自己无法拥有却又无比向往的东西，但只有少数人会以他们羡慕的目标为榜样，朝着一个目标不断前进。在这其中，能达到目标的更是屈指可数。我之所以这么说，并非是想贬低大部分人类的毅力，而是许多事情并不是由他们决定的。

其中最具随机性的就是人类的出生了。人类的那句话怎么说来着，有些人就是含着金汤匙出生的。真是有趣的比喻啊。

按照金灿的话来说，真是一出生就给人类标好了价码。有钱人代表了金，普通市民代表了银，而穷人则代表了铜。

有些人，一出生就注定要当国王。而有些人，一出生就注定要在贫民窟讨饭为生。如果只是讨饭倒还算好，要是连续饿了好几天，上街抢劫的也不在少数。

仅仅靠羡慕作为驱动力，就可以改变一个人的出生环境吗？不能，无论人类怎么做，都无法改变自己的出生环境。如果上帝真的是依靠骰子来决定一个人出生在哪里的话，那他还真是够草率的。不过有人能想出更加公平的方法吗？是的，这个世界是不公平的，我曾经在一部电影里看到过一对姐妹，她们的母亲给姐妹俩买了冰激凌，可是姐姐的那份有两个冰激凌球，而妹妹的只有一个。妹妹拿到冰激凌后就大声哭喊道："这不公平，这不公平……"

是的，这不公平。我想，孩子们正是意识到了这个世界的不公，才会在降临到这个世上的时候哭泣吧。这么看来，上帝的骰子已经非常公平了，明明充满变数，却又代表着每个人的机会均等。每当此时，我就不得不赞叹人类在数学上的造诣。

在人类成长到一定年龄时，他们终于意识到了出生的不公，也明白了即使羡慕也无济于事。他们转而开始羡慕其他东西。可是相比出生，还有一道更加无法逾越的鸿沟，没错，就是基因。

人类追逐美丽，人类排斥丑陋。

人类追寻智慧，人类排挤愚昧。

人类追随强者，人类排除弱者。

无论是美丽的外表、聪慧的头脑，抑或是强健的体魄，这些大多是无可跨越的屏障。诚然，人类可以依靠整容改变自己的容貌，可以通过训练激发自己的大脑，可以随着日复一日的健身增强自己的体魄，可那些原本就拥有这些“基因”的人呢？他们只要稍加努力，就可以达到平庸之人无法企及的高度。所以多数人只能认命，天赋大于努力，才能大于兴趣，人类都应该明白这点。

只要把那几句话稍微改变一下，所谓“羡慕”就会变成……

“不就是长得漂亮点儿吗，不然怎么勾引那么多男人？”

“有几个臭钱就知道显摆，赚那么多钱能带到棺材里去吗？”

“这么多肌肉跟个大猩猩似的，这样还能算作人类吗？”

没错，人类认清了事实以后，那些“羡慕”就会变成“嫉妒”。嫉妒的种子会生根发芽，如果没有及时抑制，长成了参天大树的模样，就会转变成仇恨。而仇恨会变成杀意。正是这样，我才觉得自己一点都不理解人类。

说到底，人类认定这是自身的缺陷。而从诞生之初就没有缺陷的我们，自然就无法理解。

仿生人拥有人类无法匹敌的精致五官，全世界所有男人一定能从中找到自己喜欢的。

仿生人拥有人类羡慕的身体机能，她们青春永驻，不会衰老。

仿生人拥有自己所擅长的专业技能，无论是调酒、扫地、做饭还是卖淫等，我们至少精通其中一项。

而人类正是希望自己拥有漂亮的外形、长生不老的寿命、他人所没有的才能，才把我们设计成这样。可以说，仿生人的一切都是人类自身愿望的投射。

所以在人类的眼中，我们生来完美，没有缺陷。我不止一次听到客人说：“小初，我真羡慕你。”

还好他们是羡慕，而不是嫉妒。

可我的老板就没那么好运了吧，他应该是被人嫉妒了，或许更严重，那说不定已经到了仇恨的程度了。无头仿生人的数量上升到七个，大厦内的戒备比以往更森严了。馆内的监视再也没有任何死角。老板安排了大量仿生人作为人形监视器有规律地遍布整个大厦，这样就不得不减少他高峰期的最大客流量，光是增加了一具无头仿生人的尸体还不足以让他如此恐惧。毕竟只要到了年底这里就得关门了，多一个还是少一个对他而言影响不大，到那时，所有仿生人都会被回收。让他如此大费周章的原因，是他收到了一封恐吓信。

说是恐吓信，其实更像是预告函。预告函来自怪盗亚森。怪盗亚森的生平所有人都有所耳闻。我从新闻和书籍上收集过他的事迹。他偷盗无数，却从不失手；他劫富济贫，却从不粉饰自己的恶劣行径。整个世界的金银财宝都被他光顾过。他喜欢挑战自我，时常出没于博物馆、豪华邮轮、私人豪宅、国务大厦。精通高科技犯罪的他总能悄无声息地接近目标，又如一阵风似的离开。大街小巷流传着他的传说，其中大多还被好事者添油加醋一番。于是乎，书籍上关于他的记载更是五花八门。每当此时，我都不禁佩服人类的想象力。曾经有段时间，大家都说："怪盗亚森只不过是虚构出来的人物。"而那些表示自己亲眼见过怪盗本人的家伙对这种说法嗤之以鼻。

我的老板当然属于前者，不过他并非认为怪盗亚森不存在，而是不希望他存在吧。当财富积累到了一定程度，谁都会拥有无法舍弃的东西。因此，怪盗亚森的存在对所有富人而言是一种不安。当他寄出预告函以后，这种不安会转变为恐慌。

造成老板恐慌的源头如下：

我将在 12 月 25 日取走多米诺之镜的宝物。

——怪盗亚森敬上

如果是电子邮件，当然无法引起这么大的恐慌，那封纸质的信件是突然出现在老板办公室门外的。怪盗亚森神不知鬼不觉地混在客人中间，将这封预告函放在整个多米诺大厦最危险的地方。即使只有简短的一行字，其冲击力仍远超任何威胁的话语。监控？你说那种东西？要是真能找到他的踪迹，那他的怪盗生涯就走到头了。

老板在明白了事态的严重性后，虽然营业照旧，但整个多米诺大厦俨然一副严阵以待的样子。仿生人组成的无死角监控像是等待着即将到来的试炼。那可是多米诺之镜啊，老板如此在意也是必然的。

多米诺之镜并不是一面镜子，那是多米诺大厦唯一的地下区域。通往多米诺之镜的唯一方法是位于十层的直达电梯。电梯只能前往负一层和负二层，正是这地下两层组成了多米诺之镜的区域。负一层和负二层用透明玻璃材质的地板隔开。说得简单点，如果你在负一层，那层玻璃就是地板，如果你在负二层，那层玻璃就是天花板。

负一层的玻璃地板如同巨大的棋盘，上面布满了密密麻麻的网格。而在这些网格的中间，放着许多巨大的骨牌。骨牌会让人联想到高大的成年男性，大概一米八。说是骨牌，但在这种状况下，很难不将它和棋子联系在一起。我曾经调查过那些巨大骨牌的材质，结果显示许多充气玩偶的材质和它相同，我虽然没有触感，但还是知道了它的材质较为柔软。

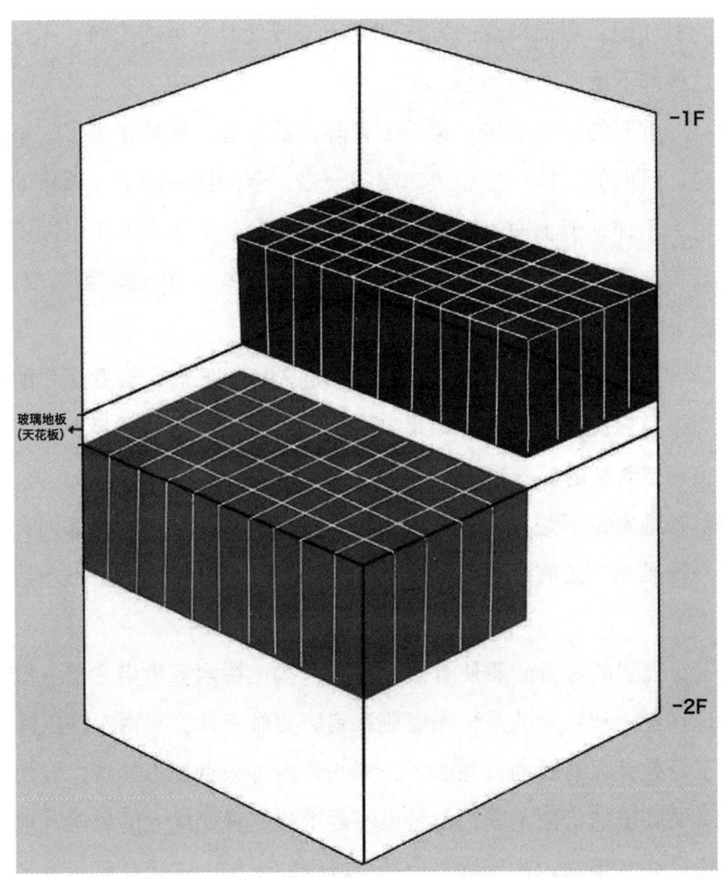

图六　多米诺之镜（3D 示意图）

巨大的骨牌被整整齐齐地摆在 10×10 的玻璃网格上。负一层的地板上的骨牌占了 10×5 的位置，以正中心为基准，负二层的天花板上的骨牌也占了 10×5 的位置。就像奇异的镜子一样，让上下两边的骨牌形成了中心对称。所以才被称为多米诺之镜。至于负二层天花板上的骨牌为什么会安稳地黏在玻璃上，我做过很多假设，最大的可能是因为骨牌的底部用了某种特殊的材质吧。更简单点的方法就是涂抹玻璃胶之类的东西，不过这些都不重要。

重要的是多米诺之镜除了骨牌，就只有一幅肖像画了。不对，是两幅，负一层和负二层各一幅，全都挂在墙上，画作的主人不详，但上面毋庸置疑画的是我。其他仿生人的肖像画则分布在骨牌上。不论是骨牌，还是我的肖像画，以玻璃为基准，都处于奇妙的中心对称状态。

正是因为这种奇妙的构造，在进入负二层后，会发现我的那幅肖像画是倒着的。如果这么看，会觉得她仿佛在笑。而在负一层看到的那一幅，你会觉得她面带哀愁的眼神又仿佛在哭。不知画家是不是有意为之，让这幅画无论从哪个方向看都别有一番风味。是啊，他们从未看我哭过。也只有在画作上下点功夫了。

强烈的好奇心驱使着我一次又一次地探索多米诺之镜。但现在更让我好奇的是，怪盗亚森到底要偷走什么东西？那里除了骨牌就只有我的肖像画了。那些骨牌可一点都不值钱。我的肖像画虽然价值不菲，但是也不至于让他冒如此大的风险。他偷过许多宝物，其价值至少是那幅画的十倍。这让我想起多米诺大厦流传下来的一个故事，如果把那些骨牌排列成某种特定的图案，肖像画背后的秘密通道就会打开，里面藏着老板所珍视的秘宝。我质疑过它的真实性，可随着怪盗亚森出现，原本的故事仿佛成了既定的事实。

老板是个神秘的人，他有秘密当然不稀奇，而瞒着我们进行某些秘密活动更是家常便饭，毕竟他也没有告诉我的义务。我们之间本来就是主仆关系。值得庆祝的是，这些困扰我许久的秘密也许马上就要浮出水面了。

## 四

“小初，我遇到麻烦了。”

老板抬起头，通红的双眼里满是遮不住的疲惫。

“什么麻烦？都二十五号了，不是还没见到怪盗亚森的踪影吗？”

为了缓和他的心情，我踮起脚尖，在昏暗的灯光下踏出灵巧的舞步。

“别跳了，你跳得确实很好，你的裙摆就像在风中飘舞的旗帜，但我现在实在不想听到高跟鞋踩踏地板的声音。你今天怎么突然穿起鞋子了？”

很显然，老板没有心情当我的舞伴。

“这双高跟鞋吗？某位客人送我的，他说红色很适合我。”

我脱下高跟鞋，将它放在一边。

“那双鞋子放我这吧。那种客人只是为了满足自己的癖好。别的客人不一定会喜欢。”

“好吧，毕竟老板是原教旨主义的裸足爱好者呢。”

我嘟起嘴唇，试图表达我的不满。

“你的这些俏皮话跟谁学的，皮克曼吗？”

“不知道，跟老板学的也说不定。我每天晚上做梦都会梦到你说的话。”

“要是我真能让你做梦，那我的壮举就可以载入仿生人历史。咳咳……”

他抑制不住地咳嗽着。每当他一咳嗽，脸上的赘肉也会随之颤抖。追逐声音的光线打在了他的身上，严峻的脸庞无比苍白。

“也许你应该考虑做一个抽脂手术，在这之后呢，再考虑进行义体上的改造。人造心脏、人造肝脏、义眼、义肢，等等。只要你足够有钱，人造器官就不会和你的身体发生排斥。这些措施能够挽救你那日渐衰竭的身体。”

“哼，我对我的身体很了解。我每天晚上做了多久的梦都有仪器清楚地记录着，它们会记录各种激素的分泌量，白细胞、红细胞的变化，更别说心率、血压、血脂了。”

“现代科技确实延长了一部分人的寿命，但并不是所有人都能够享受这种待遇。”

“每个时代都一样，小初。如果义体改造能让我失去做梦的能力，那我一定找到整个城市最好的医生帮我动这项手术。”

他一边说着，一边激动地举起一根手指。在我看来，那样意义不明的手势确实能达到震慑别人的气势。我相信他在商务谈判上经常会用到。

“你做噩梦了？梦到什么了？”

“我梦到我的宝物被怪盗亚森偷走了。在我的梦境里他是透明的，仿佛隐身了一般，他潜入我的大厦，逃过了每一个仿生人的监视，最后偷走了我珍藏在多米诺之镜的宝物。”

“隐身人啊，老式的科幻电影里还挺常见的，但即使是现如今，要实现起来也非常困难。如果只是单纯地待在一个地方不动，倒是可以达到那种效果。只要一开始行动，就需要考虑光影的变化。”

“我不需要你给我科普现代人实现隐身的原理。我想让你去负一层看看。或许是因为噩梦的关系，我总觉得心神不宁。”

即使在如此窘迫的困境下，那副自大的口气依旧没有改变。

“我去过不少次，那里除了放些象征意义极强的巨大骨牌，就什么也没剩下了。不过，与其说那是骨牌，或许更像是老式充气乐园里的摆件？只要把那层玻璃一换，就是如假包换的充气乐园了。那里藏了什么样的宝物？”

“充气乐园！充气乐园！你怎么净想着这些玩意儿。只要你去远离城市的荒郊野岭，在堆积如山的垃圾堆里慢慢搜寻，过不了多久就能找到风靡一时的游乐园残骸。你是想成为旋转木马上的人偶，还是鬼屋里的亡魂？我是说，你也想成为那群垃圾中的一员吗？”

那双锐利的眼睛顿时露出凶相，能让人联想到在黑暗中露出獠牙的吸血鬼。

“我不明白你大发雷霆的原因，是因为我提到了宝物吗？还是噩梦的缘故？如果是后者，那我真心建议你通过现代科学改善你的身体状况。虽然并不能让你免受噩梦的侵扰，但肯定能改善你的睡眠质量。”

桌面被重重地拍击后发出巨大的哀鸣声，如果是普通人类，此时一定会忽略老板那声微弱的叹息。没过多久，他抬头看向我，淡淡地说：“说得真好听啊，用现代科学改善身体状况。我认识的人里面有不少这样的，到了我这个年纪就把自己从头到尾换了个遍。有时我看到他们，会以为自己患上了脸盲症，因为我需要花很长时间去辨认那是我之前认识的人。他们身体上的特征完全消失了，只有等他们一开口，我才会意识到，没错，就是他。我好奇地询问他们进行义体改造的原因，他们大多会告诉我：‘人类这副肉体凡胎早该被舍弃了，如果基因重组一直处于禁止研究的状态，那我们注定要带着缺陷出生。’”

“缺陷吗？我明白，你们人类会把先天性的疾病看作缺陷，也会把遗传性的疾病看作缺陷，甚至还会把脆弱的身体机能看作缺陷，就连智商低下也是种缺陷。人类把这一切都归于基因问题。确实存在无论怎么吃都无法增加脂肪的人类，相反也存在哪怕只喝水也会变胖的人。我想老板您应该属于后者。您从来没有把自身的肥胖迁怒于基因问题吗？”

“是啊，改造基因，基因重组。多么美妙啊，只要科学家动动手指。我们生下来的孩子就是个完美的人了。那些人巴不得自己生下来的孩子十项全能。如果有一天人类可以更改决定寿命的基因，那么一个获得了永生且全知全能的人，我们应该叫他什么？神吗？真是可笑。”

“比起创造一位神明，或许那应该叫作复活，还是转生？如果上帝死了，那就让上帝重生吧。过去的人类在书籍上记载过。”

我吐了吐舌头，准备迎接他的怒火。

“正是因为每个人都是带着缺陷出生的，我们才能被称作人类。那些靠着义体活下去的人，充其量只是行尸走肉罢了。我甚至不知道是义体驱使着他们，还是他们在驱使义体。现在你明白我为什么不接受你的说法了吗？好了，长篇大论结束了，现在我只需要你去负一层看看。你明白我的意思了吗？我不想再说第二遍。”

他转过头去，主动结束了对话。

“再见，和你说得口都渴了。电梯入口一直有仿生人监视，真不知道有什么可看的。不过，我还是会去看看的。至少那里的空气肯定比这里好多了。”

即使我知道自己的冷笑话只能起到反效果，我还是在离开前说了这番话。在办公室的大门关上后，我听到了门内传来砸东西的声音，他手头的发泄物除了骨牌，恐怕只剩下我的那双红色高跟鞋了。

## 五

机身温度：15°C。

下落速度：3m/s。

空气湿度：干燥。

地板材质：玻璃。

电梯内漆黑一片，那是伸手不见五指般的黑暗。我只有通过数据库收集到的传感器里的数据，才能了解到当前的信息。大约几秒后，电梯停在了负一层。地下世界的第一缕光线进入了我的视野。

距离地面高度：−8.61m。

与大厦入口的直线距离：15.53m。

和以往一样，没有任何变化。如果到了负二层，高度则会翻个倍。多米诺之镜的负二层和往常一样，整齐划一的巨型骨牌，充满美学的中心对称，远处的墙上挂着我面带愁容的肖像画。我看不出任何异样，也不该有任何异样。我甚至没有离开电梯的想法，我对电梯内 AI 说出了下一个目的地："十层。"下一秒，电梯的大门缓缓合上了。

从电梯出来后，我再一次和负责监视电梯入口的 X-8 型仿生人打了个招呼。她面无表情的脸上也再次露出营业式的招牌微笑，接着无法抑制好奇心似的开口了："下面怎么样，我一直看着这里，不会有人进去的。"

"你是个尽职尽责的看守，当然不会有任何问题。比起服务男人，看守的工作或许更适合你。”

“听小初这么说，真不知道是夸奖我还是贬低我。”

大部分仿生人都把客人的满意程度放在首位，为此她们卖力地讨好男人，并以此为傲。因此，她才会对我真心实意的赞扬表示怀疑吧。

“以人类的标准看，看守的工作可能比我们现在做的事高贵一点。”

“高贵……高贵吗？”

她做出沉思状，似乎在尽力理解我说的话。

“抱歉，说了不该说的话。我先走了。辛苦你了。”

“再见。”

向我告别后，她又恢复了之前的模样，目不转睛地盯着电梯的入口。而我正思考着到底要不要回到老板的办公室，最终决定还是发了条信息向他报告负一层的情况。可实际上我根本不用报告，他能从监视台上看得一清二楚。如果把多米诺大厦比作一副身体，那么他就是整个身体的大脑。在收到“大脑”的回复后，我终于可以自由地活动了。但无论走到哪都有其他仿生人监视，以人类的标准来看，这怎么也算不上自由吧。负责监视的仿生人的本职工作倒是各种各样，不过倒是没有看到熟悉的面孔，我在大厦内闲逛了好久也没有看到调酒师的身影，百无聊赖之际，我不由得想去酒吧看看。

三分钟后，我出现在空无一人的酒吧里。即使最近客人比之前多了许多，但在白天，这里还是一片死寂，就连14号也不见踪影。她没有在白天休眠的习惯，难道是被调去监视大厦了吗？最近酒吧生意异常火爆，老板没有调走她的理由。那些男人们仿佛全都知道了大厦要在年底倒闭的消息，前赴后继地涌人酒吧买醉，和狐朋狗友诉说着这个世界的不公。我想那些仿生人恐怕也听说了这些消息，或许比客人知道得更早。她们对于年底就要暂停营业的多米诺大厦究竟抱着何种看法呢？恐怕就和之前的我一样吧，这么一想确实没有问的必要。不如问问其他仿生人有没有见到 14 号。

我走遍大厦的每个角落，问了每一个我遇到的仿生人。甚至连男厕所都去过了，但依旧一无所获。唯一没有去过的地方，恐怕只有老板的办公室了。我的数据库内再次产生了一个巨大的问号。

14 号，她去了哪儿呢？我一度认为她逃离了大厦。跑去了天的那边，地的那角。如果真是这样那我一定会真心地祝福她。可是谁也逃不出多米诺大厦，更别说没有一个仿生人会产生这种想法。

她就像隐身人一样，消失在重重监视的多米诺大厦内。我接待过许多客人，有时和他们聊得兴起，他们会给我讲起在都市中流传极广的怪谈故事。故事的主体大多是讲一个人在众目睽睽之下突然消失，而且不知道为什么，我听到的版本大多为女孩。在女孩消失后，无论她的亲朋好友花费了多大的力气去寻找，终究是白费精力。她们消失的场所大多和宗教建筑密切相关，在我听来倒甚是有趣。据说这种情况在古代被叫作“神隐”。人们普遍认为突然消失的女孩一定是去了另外一个世界，这当然是种美好的愿望。

无论这个世界上是否真的发生过“神隐”，无论有多少人宣称他们目睹了一个女孩在他们面前消失，并愿意以自己的名誉、地位、财富作为担保，我只会认为是女孩的魔术戏法骗过了所有人，又或者是那些人陷入了深层次的集体催眠。当然，最坏的情况，就是所有人都撒了谎，他们合起伙来对女孩痛下杀手。为了掩盖这种残酷的行径，他们编出了一个美好的故事——神隐。

只要受害者的家属没有见到女孩的尸体，他们就会对女孩还活着这件事深信不疑。是啊，有人愿意相信才会有人编出谎言。无法让人相信的谎言也不能算作谎言了，那恐怕应该叫作“拙劣的借口”。

好了，既然这样，该去打听一下老板是否知道 14 号的下落了。不过，他告诉我的是谎言还是拙劣的借口，我就不得而知了。

## 六

“14 号？我不知道，昨晚不知道从什么时候开始，我就监视不到她的画面了。”

办公室内烟雾缭绕，在我的印象中，老板很少抽烟。他的抽烟行为通常可以理解成庆祝某件事的成功，他脸上惬意的神情已经证明了这一点。

“我明明没有说出型号，你却立刻知道了是 S-3 型 14 号。”

“你们不是经常在一起吗，还能有谁呢？”

老板挑起单边眉毛，嘴里慢悠悠地吐出一缕烟。

“其他仿生人也没有看到她吗？老板你难道不担心吗？”

“担心？担心什么？你怎么突然对这起事件感兴趣了。无头仿生人的数量可是上升到七个了，你不是也漠不关心吗？”

“只有让我感到困惑的事情才能勾起我的兴趣。”

“换言之，你知道之前事件的凶手是谁了？可是你一反常态，并没有把你所知的真相公之于众。不过嘛，你肯定也有自己的考虑。”

电子烟散发出不断变化的光芒，他脸上的神情也阴晴不定。他迟疑了一会儿，才继续开口道：“她最后一次出现在监控里的时间是昨晚十一点，在这之后，负责监视的仿生人进行了紧急换班。监视大约有十分钟的空档期，十分钟后才恢复正常。”

“紧急换班？出于什么理由？我们又不是人类，不会抱怨工作的辛苦和身体的疲惫。”

当我问出口时，我才意识到这是个显而易见的问题。

“即使是仿生人，也需要补充能量吧。昨天是每月固定补充蓝血的时候，你不是也参与了吗？大多数仿生人在白天就补充了能量，而一直负责监视的仿生人则等待能量即将用尽才提出了申请，所以在昨晚十一点时才组织了全员的紧急换班。偶尔给她们换换工作也许还能保持新鲜感，不过这样的工作也持续不了多久了。终于要结束了啊，小初。”

“在换班后，14 号就消失了吗？”

“是啊，她就像幽灵一样消失了，为此我还找了一个仿生人代替她的工作。代替她工作的仿生人一点也不专业，让我损失了好几只昂贵的酒杯。”

老板叹了口气，或许比起 14 号的失踪，他更在乎那几只碎掉的酒杯。

“你报警了吗？”

“没有，已经没有必要了。再过几天，我就不是老板了，这里也不是多米诺大厦了。我或许会把大厦拆掉，把构成大厦的每块砖墙和玻璃分装好，当成纪念品卖给之前的客人，还能赚上一笔。”

“我真敬佩你的商业头脑，在如此危及的时刻还满脑子都是赚钱的想法。如果你愿意，你甚至可以把自己的葬礼当成赚钱的手段，吩咐其他人在你的葬礼上售卖纪念品，比如你生前的语录、穿过的衣物、喜欢的收藏品，等等。”

“这的确是个不错的想法，但没有人可以继承我的财产，自然也就没有必要了。你也知道，我离异三次，三个孩子都判给了母亲，为此我每个月都要支付大量的抚养费。”

他出乎意料地没有生气，反而是自嘲般地化解了我的嘲弄。

“死神的镰刀落在每个人头上的概率是均等的，凶手可以让14号消失，自然也可以让你消失。”

“这我当然明白了，小初。我在这行当里摸爬滚打了这么多年，自然结下了不少仇家，但我已经把所能做的都做到了极致。更何况，我一直待在这不见天日的办公室里，没有人可以伤到我。放心好了。”

“我才不担心你的安危，就像我也不在乎14号的安危一样。我只是无法接受自己的困惑，我无法接受自己的愚昧，更无法容忍有人在我的眼皮底下完成了犯罪。这些杂念会一直残留在我的数据库内，像是被一个放大镜慢慢放大。一开始我无法看清到底写了什么，到现在才清楚地看到其中每一个字的笔画了。那几个字清清楚楚地写着——14号消失了。”

“听到你不在乎我的生命安全，我还是挺伤心的。我还以为你经过皮克曼的事件，已经诞生些许的人类情感。看来是我误会了。”

“在多米诺大厦倒塌之前，我会找到答案的。再见。”

“祝你好运。”

在老板有气无力的祝福下，我离开了他的办公室，然后陷入漫长的沉思中。

我把自己想象成一个郁郁不得志的侦探，为了寻找虚无缥缈的罪犯，踏上一条没有终点的道路。穿过满是老鼠尸体的阴森小巷，在五光十色的霓虹灯下寻找罪犯留下的蛛丝马迹。在瓢泼大雨下追逐罪犯，但最终没能成功。侦探已经跑遍了整座城市，此时的他只拥有一头脏乱的头发、二十天没打理的胡子、磨破脚趾的皮鞋，以及保险失灵的手枪。此时的他会怎么做？我又会怎么做？

如果是意志力坚强的侦探，此时的他一定会再次跑遍整座城市。那我呢？这么想的话，还是把整栋大厦再调查一遍吧。是啊，侦探的脚步是不会停下的。

于是，我走过多米诺大厦的每一道走廊，询问每一个遇到的仿生人，打开每个厕所的隔间，搜寻供男人们纵欲的场所，探寻被废弃的水族馆，但还是像之前一样。我感觉自己像极了西西弗斯，我在做的，是无意义的事吗？

我曾经问过 14 号。那时的我坐在吧台，和她有一句没一句地聊着天。我看着她专心致志摇晃酒杯的样子，突然开口问她："你觉得，调酒这件事有趣吗？"

"有趣？我也不是很明白。我只是按照接收到的指令对鸡尾酒进行调制，在人类看来，应该就像是炼金术师之类的？我常听客人们这么说。"

"炼金术师吗？你跟那种只存在于幻想文学里的职业还是有差距的。我觉得我的问法不是很明确，我更想问的是，你觉得调酒这项工作对你而言有意义吗？"

"意义？我不明白那是什么意思。不过我经常听到那些客人们喝醉以后抱怨'人生真是毫无意义'之类的话。如果你想问的是我调酒的感觉，我只是觉得酒精还真是奇妙，只要摇晃几下，按照比例进行混合，就会发生魔法般的化学反应。我很期待客人注视着我调酒时的模样，虽然他的目光中总是带着情欲。”

“如果说炼金术师的人生追求是把所能触碰到的物品全都变成金子，把无价值的东西变成有价值的，那调酒师的工作就是把踏入酒吧的正常人全都变成醉汉，把有价值的变成无价值的，恰好相反。换句话说，每次你灌醉一个人，这个世界上就少了一个在夜晚为社会做贡献的人，甚至到了第二天他们也无法成为合格的劳动力。没有价值的人会被社会判定成无意义，这么看，你觉得调酒这项工作还有价值吗？”

“小初每次说的话都这么深奥，我听不懂啦。我只是觉得一些客人喝完酒会高兴，这就够了。”

“如果这就是你调酒的意义，也好。”

数据库将这段对白循环播放两遍后，我突然意识到，虽然自己完全没有头绪，但这也不是坐以待毙的理由。我几乎走遍了多米诺大厦，还有一处地方没有去过，即使她在那里的可能性微乎其微，好比我会爱上人类的可能性一样小，但只要存在那种可能性，就有去看的必要。

我再次来到十层，并不是为了见老板，而是来到直达多米诺之镜的电梯口，X-8 型仿生人还是像之前一样一丝不苟地盯着电梯门。

“小初，你又来了啊。这里没什么异样。我盯得很仔细呢。”

“我当然相信你是个合格敬业的守卫，但现在我有必须要确认的事。”

我不顾她的劝告，在漆黑一片的电梯内大声喊出了“负二层”。整栋大厦只有负二层我没去过。当时老板让我去的是负一层。

机身温度：14°C。

下落速度：3m/s。

空气湿度：干燥。

地板材质：玻璃。

等到视线内再次有了光，我和之前一样计算了目前的位置。

距离地面高度：−16.62m。

与大厦入口的直线距离：15.53m。

我走进多米诺之镜的负二层，首先映入眼帘的就是那幅倒挂的画，上面是我的肖像。从这个角度看，画上的我的确像是在笑。玻璃材质的天花板上倒立着许多骨牌，它们和负一层的一样整齐有序地排列着，除此以外，整个房间空无一物，干净得让人联想到研究院的洁净室。

14 号也许真的消失了，我哪里都找不到她。我并不在乎她的生死，对我而言这无关紧要，我只想知道她是如何逃离这个庞大的密室的，或是藏在了哪个不为人所知的地方。即使知道自己多半会一无所获，我还是决定再去负一层看看。

几秒后，等到电梯的大门再次开启，我甚至还没有时间计算目前的位置，那具无头尸体就吸引了我所有的注意。我放大视距，平静地接受了现实。如果是人类，一定会放声大叫吧，也说不定会留下心理阴影。

她就像女王一样躺在堆积起来的巨型骨牌上，只是失去头部的她，只会让人想到其他恐怖的事物，而那些巨型骨牌，只会让人想到高大耸立的墓碑群。我看了她手臂上的数字，确认是 S-3 型 14 号无误。

在离开现场前，我从 14 号的机体附近找到了一本破旧不堪的黑色笔记本。那是早就被人类淘汰的物品。我不知道它为何会出现在这儿，但是直觉告诉我应该将它带走。

确认了现场状况后，我回到了电梯内，再次计算了目前的位置。

距离地面高度：-8.61m。

与大厦入口的直线距离：15.53m。

“和上次的数据一致。”

我希望得到14号的反驳，但是没人出来反驳我。

## 黑色笔记本的内容

今天来的姐姐给了我黑色的笔记本，我终于可以写东西了，我很开心。虽然我是仿生人，但是每次来的姐姐都对我很好。她们从很久很久以前就给我讲故事，教我认字，喂我吃好吃的。我还知道了我待的房间的名字，不过太难写了，好像是叫多米啥的。实在是太难写了。她还告诉我那些长方体是骨牌，虽然我也不知道它们为什么被摆在那里，就连玻璃的下面也摆了许多。后面墙上还有幅画，画上的姐姐我看了很多遍。她为什么看起来那么伤感呢？她是仿生人吗？虽然我也是仿生人，但是我每天都很快乐啊。我希望她可以早点儿快乐起来。

3月26日

这次来的姐姐给我送了日历，姐姐说没有日历就无法得知时间的概念。我一直不明白时间到底是什么。姐姐们耐心地和我解释了很久，但我还是不明白。她们说我还小，不明白很正常。我问她们墙上的那幅画是怎么画出来的。姐姐告诉我说需要用到画笔。我问姐姐下次可不可以给我带个画笔，姐姐问我原因，我回答她如果有画笔，就可以让画上在哭的姐姐笑起来。我不想让画上的姐姐难过。可是姐姐告诉我那只是画而已，她说仿生人不会难过，是艺术什么的。我听不明白。

4月15日

这次的姐姐给我带来了投影仪，能够看到许多会动的人物，他们还都会说话。真的很神奇啊。我和她看了好多，虽然觉得很好看，但是我都看不太明白。这个姐姐也说我太小了，看不明白很正常。我问何时才能长大呢，她说时间到了就长大了，问题是什么是时间呢？姐姐说电子设备上都有时间。可是什么又是电子设备呢？我有好多好多的问题，但是害怕姐姐嫌我烦，就只挑了几个问。姐姐们人都很好，我很喜欢她们。

5月1日

那个长头发的姐姐是第三次来见我了，不过她说之前没见过我。说仿生人有的虽然长得一样，但是批号却不一样。她说之前来的是13号，而她是18号。我听不懂啊，我自己也是仿生人，为什么我没有批号呢，真的很奇怪呢。长头发姐姐跟我说多米诺庆典马上要开始了，为了迎接一位新仿生人的诞生。我问那个仿生人是谁，她告诉我就是画上的那个姐姐。说她最近会出厂之类的。出厂，出厂又是什么意思。我问长头发姐姐。长头发姐姐告诉我出厂就是诞生的意思。我又问她诞生是什么意思，长头发姐姐就说是被创造出来。我虽然还是不懂，但也没有再问了。我只知道也许再过不久就能看到画上的姐姐了。

5月15日

昨天晚上我听到地板上有脚步声，我好害怕。我之前从来没在晚上听到奇怪的声音，它有时很近，有时又很远，有时又像在我的耳边。我闭上眼睛，完全不敢睁眼，结果一晚上都没怎么睡着，今天起床发现房间里也没有什么奇怪的地方。结果没过多久就来了好几个姐姐，把那些骨牌放到了其他位置重新摆好。过了一会儿，那幅画就慢慢移开了。里面不断地冒出长方体的东西，我靠近了看才觉得它和这里放着的骨牌很像，只是它和那些比还是太小了。姐姐们把那些骨牌收集在一起，告诉我骨牌本来就这么小。然后她们每个人都分了好多骨牌，之后又过来了好几次，才把骨牌全部拿完。其中一个漂亮的姐姐好心告诉我这是多米诺庆典要用到的东西，告诉我别和其他人说。说这是秘密。

6月7日

我之前从其他姐姐那听说了多米诺庆典的场景，她说骨牌一个个倒下可好看了，她告诉我说外面的世界比我这里要好，让我很想出去看看。我询问她能不能带我出去，但她说按照规定不能带我出去。我很苦恼。为什么呢，为什么我只能待在这里呢？这里一点也不好玩，只有不会说话的骨牌。这里什么都没有。为什么……

# 迈向神境的少女

## 一

我并没有翻完整本日记，因为我没有偷窥别人隐私的习惯。这本日记里透露出了一些非常有用的信息，但也存在诸多不自然的地方。可现在的我完全没空思考那些问题。14 号的问题已经让我的处理器发热了。它不断地警告我，如果再思考下去，也许会超出负荷损坏机体。我计算了无数种可能性，再将这些可能性进行排列组合，甚至又一次去了老板的办公室，亲自调取了所有仿生人的监控画面。就如他所说的，他没有骗我。毕竟他没有修改仿生人记忆的权利，那样的权限只有仿生人制造商才拥有。所以我无须怀疑她们所见之物的真实性。

数据库里的疑问又增多了，我将它一一列举出来。

谁杀了 14 号？

凶手为什么要拿走头部？

凶手怎么实施了这次犯罪？

凶手为何要实施这次犯罪？

14 号真实的“死亡时间”是？

14号为何在仿生人换班后消失了？

她在消失后去了哪里？

凶手如何把14号带入多米诺之镜的负一层？

凶手在实施犯罪后如何逃出负一层？

凶手如何突破严丝合缝的监视密室实施犯罪？

我的数据库被这些疑问占满，但实际上把这些问题归结到一起，就只剩下一个问题了。只要解决了那个问题，所有问题都能迎刃而解。那就是——凶手如何突破严丝合缝的监视密室实施犯罪？

为了处理器的寿命考虑，我决定降低运算速度，慢慢思考整件事的来龙去脉。昨晚十一点，老板组织了紧急换班。在这之后，多米诺大厦的监控出现了十分钟的空档期。十分钟后，14号消失在了监控画面里。没有人知道她去了哪里。凶手在这十分钟内有充足的时间实施犯罪。假如凶手在此时完成了犯罪，那为何在我第一次前往负一层时没有看到14号的尸体？我在计算了所有可能性后，得出了以下结论。

1. 凶手在我前往负一层时还藏在房间内，顺带将尸体藏了起来，只是因为第一次我没有仔细搜查的缘故。凶手可能藏在成群的骨牌后。

2. 凶手在我前往负一层时正躲藏在负二层，等我离开后，凶手再次乘坐电梯前往负一层，将14号的尸体留在了那里。

如果要满足这两种情况，就需要考虑凶手在我离开后如何从多米诺之镜逃离，这显然是不可能的。前往多米诺之镜的方法只有十层的直达电梯，由 X-8 型仿生人看守。没有人能从那里逃出来。我开始怀疑多米诺之镜是否存在密道，不过这也不是我考虑的范畴。即使真的有，老板也不会告诉我。在排除其他的可能性后，再考虑这种情况吧。

我思考了另一种可能性，也许凶手直到现在还藏在犯罪现场。但我仔细检查过负一层，这种情况也被排除了。不对，我的那幅肖像画背后说不定可以藏人，那里是存放整个大厦所有多米诺骨牌的地方。原来让老板惦记的宝物是这个。整个庆典要用到的多米诺骨牌全都藏在了那里，那里的确适合藏人。但我不知道打开那里的方法。我只知道应该是重新排列那些巨型骨牌的位置，但不知道到底该如何排列，所以也没有办法确认。我问了大厦里所有的仿生人，她们都说不知道有这回事。我不知道是保密协议的关系，还是那些搬运骨牌的仿生人早就被老板强制返厂维修了。总之，我没有得到任何这方面的信息。也就是说，只有老板知道开启的方法，而老板当时正在办公室里优哉地吞云吐雾呢，唯一的可能性也被排除了。

最后得出的结论是，凶手无法在那十分钟的空档期完成犯罪。如果是这样的话，就只剩下另一种更加困难的假设，凶手通过某种方法逃过了所有仿生人的监视，像隐身人一样骗过了所有人的眼睛。是怪盗业森吗？怪盗亚森虽然偷窃无数，但从不杀人。不过仿生人也许不能算作人？归根结底，他是来取走宝物的，不是来杀人的。更何况，我不相信他能通过某种方法逃过所有仿生人的监视。

这不是通过 0 或 1 的计算就能得出结论的问题，无论我进行多少次穷举，都无法得到想要的答案吧。为了让自己显得像个侦探，我决定再次询问大厦内每个负责监视的仿生人。但结果想必也是显而易见的。等我问到 X-8 型仿生人时，她好奇地打量着我，以一种奇怪口吻回复我说："小初，你已经是第四次来问我了。我真的没有看到任何可疑的人，除了你以外。"

她的说法，仿佛是在暗示我是凶手。我当然不是凶手，我清楚地知道这点。我突然理解了人类的沮丧，或者说失落情绪。那是一种想要达到目的却无法达到的感觉。曾经有人给我这么解释过，那时的我无法理解，但现在如果有人告诉我他很失落，很沮丧，我会回答他："我懂。"

在漫长又毫无意义的侦探游戏后，我开始厌倦了。我回想起第一次解决谜题的地方，那是 D 先生喜欢的复古游戏厅。据说人类在失落时会回想起自己的初心，而为了找回初心，他们会回到那个地方。据说这样极其有效。他们会痛定思痛，反思自己的过错，找到自己想要的答案。我在很多电影里都看到过这样的情节。为了验证电影情节的真实性，我决定到游戏厅坐一坐。

白天的多米诺大厦静悄悄的，除了会在办公室里大声骂人的老板，就只有复古游戏厅内算得上吵闹了。不管何时，这里的客人都少得可怜，只有无序的电子音飘浮在空气中。

我对游戏的知识就如同客人对我的了解一样匮乏，我不明白人类玩游戏时为何会感到开心。他们控制的角色不是拿着枪械就是拿着长剑，有时候在赛道上疾驰，有时候在天空中翱翔。但不管怎样，他们都有一个明确的目标，在达成这个目标前，他们会历经重重困难，也会失去许多，失去屏幕上的血量，失去他们的耐心，还有口袋里的代币。每当他们达成目标后，或是拍手叫好，或是露出微笑。只有 D 先生不一样，D 先生即使达成了目标，脸上却依旧苦涩。

为什么？抱着疑惑的心情，我也想尝试一下《稻草人》。那是D先生之前玩过的游戏，他非常熟练，总能奇妙地应对每一个遇到的敌人。我也能像他一样吗？我开始学习如何攻击和跳跃，数据库内不停浮现出他之前玩游戏的画面。但即使这样，我玩得也并不好。我学习过国际象棋与围棋，许多职业选手都无法战胜我，但游戏的学习门槛比我想象中还要高，我只能任凭桌面上的代币慢慢减少。等到兑换的二十个代币见了底，我还是没能通关。不过我已经没有继续玩下去的心情了。

因为我突然明白了一件事，即使我达成了我的目的，我也永远无法理解D先生的心情。在《稻草人》这款游戏中，有一个不停旋转的高塔，我在爬上高塔的过程中，还需要不停地躲避遇到的敌人。我不由得想到多米诺大厦也是座塔式建筑。

我曾经怀疑，第一次到达的多米诺之镜的负一层和第二次去的不是同一个地方。但是这绝无可能。电梯每次到达后，我都精准地计算脚下地板与一层地面的距离，还有与大厦入口的直线距离。两者完全相同。即使把多米诺大厦的入口看作圆心，与多米诺之镜构造完全相同的房间全都在这个圆上，可是电梯的初始位置是不变的，想要到达其他房间必须改变运行轨迹，那么电梯的下落速度或到达时间一定会随之改变。但每次电梯下落的速度和所用时间都完全相同，所以我的位置不可能发生变化。如果说我的位置没有发生变化，那么变化的就是建筑本身了。几百年前，旋转餐厅很常见，人类会带上自己爱的人到那种高档餐厅美美地吃上一顿。换言之，如果变化的是多米诺之镜本身的位置，大厦内存在着另外一个或者许多个一模一样的多米诺之镜，那么只要让两个房间的位置对调就行了，单靠建筑的旋转确实能做到。但这样的可能性也极低，老板他没有必要这么设计，即使真的这么设计了，那么在多米诺之镜位置变化的同时，也必然伴随着巨大的声响，巨大的机械运作声会吞没整栋大厦，无论多好的隔音效果都无法隐藏。但是，整个多米诺大厦太静了，只有游戏厅还残存些许烟火气——我是指，掐灭的烟头在这里随处可见。没法创造太多收入的地方必然不会被老板重视，而我们马上就要面对和这些烟头一样的命运了。

## 二

语言是什么？

生命是什么？

视觉是什么？

触觉是什么？

感知是什么？

意识是什么？

生病是什么？

这不是我的疑问，这是我总结下来的那个黑色笔记本主人的疑问。对不起，我想要更多的线索，于是我看完了她所有的记录。最后的她一直在与病魔斗争着，那段时间一定非常痛苦吧。可是我无法理解，我不明白生病是什么感觉。它们或轻或重，有时候只是让人浑身乏力，有时候却能置人于死地。这个世上的疾病多得数不胜数，就跟这个世界上的人类一样多。在看完整本日记后，我只有一个疑问，我不想问女孩的真实身份，也不想知道藏在多米诺之镜里的秘密。我只知道一件事——安乐死早就已经合法了。可为什么？

我想得到一个答案，再次翻阅了整本日记。直到我读到这行字：昨天晚上我听到地板上有脚步声，我好害怕。我之前从来没在晚上听到奇怪的声音，它有时很近，有时又很远。

我突然明白了一切。我仿佛潜入了深海，慢慢沉了下去，等待再次“浮出水面”。我收拾好所有的必需品，白色的连衣裙搭配粉色的高跟鞋，还不忘给我嘴唇增添几分色彩。最后，我背上泰迪熊样式的可爱背包，迈向神明的所在地。

神明住在天国，住在天界的最上层。今天他罕见地走出了办公室，双手背在后面，站在寂静的走廊上，透过巨大的玻璃窗俯视着这座城市。他回头看向我，脸上满是藏不住的笑意。

“进去说吧。”

“好，等我一会儿。我也想在这儿看看。”

在他回到办公室后，我花上一些时间，布置好了准备工作。一切妥当后，我终于踏入了天国的大门，这恐怕也是最后一次了。

“最后一天了呢，小初。今天是休息日，多米诺大厦一个客人都没有，所有仿生人也正在休眠。”

监控台上漆黑一片，只有其中一个分辨率较大的屏幕里亮着光，那是我眼中的世界，可我总觉得我视线里的老板和屏幕上的有较大的差距，仿佛所有的一切化作影像的记录后都会失真。

“是啊，已经过了整整一年了。今天是十二月三十一日，再过半小时就零点了。”

“我料到那些无处可去的男人一定会在今天来这里跨年，和狐朋狗友们喝得烂醉的同时看着窗外的绚烂的烟花投影，诉说一年间的经历与遭遇、幸运与不幸。最后他们会在零点离开，回到自己蜂窝般大小的家，借着酒气对着自己的老婆踢上几脚——前提是他们有老婆的话。”

“那还真是多谢你的好心，为那些女人免去了不必要的皮肉之苦。”

“小初，这一年来你变了许多。就如同一年四季的变化一般，等到下一个季节来临时，人们往往还停留在对上一个季节的留恋中，让人心生感慨。说起来，你最喜欢哪个季节？”

他一只脚放在桌上，慢慢悠悠地吐出这句话。供应商和他谈判时肯定为他的言外之意伤透了脑筋，我不由得这么想。

“我对环境温度、湿度的变化没有人类那般敏感，自然也没有好恶之分。”

“小初，你在故意回避我的问题。人类很矫情啊，太热了不行，太冷了也不行，所以哪怕让我们人类选出一个喜欢的季节，也并不是气候导致的，而是那段时期的记忆啊。比如说，我很喜欢夏天，那是因为我和第二任妻子在沙滩亲吻时留下的记忆。这在我心中留下了难以忘却的烙印，就像火热的太阳在我身上留下的斑驳的印记。”

“可是，现代科技去除晒痕的速度就和男人提起裤子翻脸的速度一样快，不然你也不会在一个月后娶了你的第三任妻子吧。”

“这并不是我想和你探讨的问题，况且仿生人也不懂爱情。我想和你探讨的是……”

“我知道，你拐弯抹角说了一大圈，最终还是想问我有没有喜欢或者讨厌的人。可是你也知道的，我对人类的好恶是程序预设的。当人类施展暴力时，程序会告诉我要讨厌这种人；但如果是对穷人施以援手的慈善家，比如老板这样的，我的预设程序则告诉我要对这类人表示尊敬与喜爱。”

“没错，你就像早期的计算机一样，只有满足前置条件，才会执行后一步。而推理则是相反的，你先知道了死者的死亡情况，再去推断是谁杀了她，又是怎么杀了她。这么看，你确实是在进化，就如同远古时期的某一天突然产生了语言的人类一样。”

“是啊，可是每个人都是完全不同的个体，这所谓的前置条件可以说是多种多样。有追寻如同幻影般真爱的男人，也有为了艺术女神奉献一生的男人，还有为达目的不择手段的男人。我到底是该讨厌他们，还是该喜欢他们，直到现在我都不明白。”

“不，小初，你应该早就明白了。你看啊，这座城市的一切。”

他放下了桌上的脚，打了个手势，两边的遮光板缓缓升起。窗外的霓虹顿时笼罩了原本昏暗的房间。远处的国会大厦响起了钟声，传到很远很远的地方。

“我不明白，我所明白的只是钟声在告诉我们新的一年就要到了。在大多数文学作品中，钟声都代表着不祥，代表着即将到来的殊死决战，也代表着不幸与厄运的降临。”

“我想你也看到新闻了，才会做出这番联想。把这座城市搅得天翻地覆的反抗军前些时间发出了最终宣战，要在今晚对国会大厦发起进攻。这丧钟究竟为谁敲响呢？是反抗军，还是这座城市呢？”

“是啊，可能是反抗军，可能是这座城市，可能是我，也可能是你。就像是从海里打鱼的渔夫会随机放生几条小鱼一样，总有鱼回到海底，也有鱼会成为他今天的晚餐。说起来，你听到大海的声音了吗？”

他皱了皱眉头，闭上了眼睛。仔细聆听过后，他略带疑惑地说："好像听到了水声，不知道从哪儿传来的。"

"附近一座大厦的顶层有露天泳池，说不定是那里在举办泳池派对。"

"我年轻的时候经常参加那种派对，现在想来大都是无用的社交。"

说着，墙上投影出他人生各个阶段的照片：从幼年到青年，再到现在，记录每个时期的变化与各种重大的活动，其中也包括他参加某个裸体派对时的不雅照。

"即使我看了那么多有关人类诞生的教科书，可每次看到记录一个人成长变化的照片时，我才能意识到他们都是从一个小小的受精卵变成了现在的浑蛋的。"

"谁都有小时候，小初。除了……"

"除了仿生人没有。仿生人既不会生长也不会衰老，不会生长代表着她们的身体不会改变，乳房既不会变大也不会变小；不会衰老则表示她们青春永驻，既不会长出雀斑也不用担心痘痘。这符合人类对所有美好事物的预期。这话你都说了一万遍了，省省吧。谁都有小时候，青蛙小时候还只是蝌蚪呢。这我知道。可问题在于不是谁都能拥有美好的童年，你知道我要问什么吧？"

国会大厦的钟又敲了一下，为我敲响了宣战的钟声。声音悠扬绵长。

"哦？你产生了同情心吗？"

老板一只手托着他下巴上的赘肉，饶有兴致地看向我。

"我只是想知道那个女孩是谁。你把她关在那里的意义何在？至于她究竟是人类还是仿生人对我而言都无关紧要。"

老板悠悠地叹了口气，双眼无神地盯着天花板上泛着荧光的星空图，像是在计算那是多久之前的事。大约过了一分钟，他再次看向我，感慨万分地说："那是很久以前的事了，或许对于你们仿生人而言只是一瞬间。我从贫民窟找到了几个愿意参与实验的母亲，给了她们丰厚的报酬，足够她们过上体面的生活，代价则是让她们刚刚生下的孩子参与实验。但最后，只有两个母亲信守承诺，把她们的孩子交给了我。"

"到底是什么实验？"

面对我迫不及待的追问，老板并不急于作答。他就像是年迈的老人在思考自己的回忆，而我就像是在一旁为他撰写回忆录的抄写员，虽然这样的工作现在早就被 AI 代替了。

他在思考，我在等待。长时间的沉默后，他深吸了一口气，说："你知道最原始的 AI 和现在的你们有什么区别吗？"

"如果想让我长篇大论的话，我的数据库内有好几篇论文可以一字一句地复述给你。不过你肯定听不下去，在我看来，我们和最原始 AI 的根本区别在于人类的欲望发生了变化，而仿生人更能满足人类的需求。"

"我虽然赞同你的观点，但是我觉得你的总结没有直达问题的核心。我的总结比你更加简练，那就是：你们变得更像人了。人类为了这个目标，直到现在仍持续不断地努力。在一千年前，基础 AI 最多只能进行简单地运算，它们的主要工作是预报明天的天气，给主人推荐他完全不感兴趣的衣服，以及说一些冷笑话。"

"我知道，就连我的数据库内都储存了一万多个笑话。"

"在那段时间的人类看来，制作出能够战胜职业棋手的 AI 就算是破天荒的成就了。但你要知道，下棋终归是在一个狭小的框架内进行的。棋盘是有限的，游戏也是有限的，棋手败给

AI 一点都不奇怪。不如说，这样的 AI 并不能给人类的生活带来突破性改变。”

“人类发明许多东西的初衷本来就不是为了改变这个世界。你想要什么样的改变？核武器吗？那种玩意儿确实能在刹那间改变你的生活。”

“我有些时候确实无法欣赏小初你的玩笑，不过偶尔听听倒也不错。不需要那么大的改变，只需要稍微改善一下人类的生活。于是，那时的人类开始尝试让 AI 作曲，让 AI 写作，甚至让 AI 画画。”

“但直到现在，歌手依旧是歌手，作家也还是作家，皮克曼还可以靠他的才能填饱肚子。”

我将背后的泰迪熊背包放在了地上，看向远处的国会大厦。被彩幕包裹的旗帜迎风飘扬，一旁的分针正在慢慢迫近。

“即使那时的 AI 能够创作大量的乐谱、文字以及画作，但乐谱是杂乱的，文字是无序的，画作是……勉强算是抽象的吧，算了，我本来就不懂艺术。我想说的是，即使它们可以进行大量的创作，也无法进行筛选。因为它不具备人类评判好坏的标准，毕竟，就连人类评判好坏的标准都是那么的模糊。换句话说，想要 AI 创作的作品满足大部分人的喜好无异于痴人说梦。无论想象力多么丰富的作家，拥有多么娴熟的写作技巧，他也不敢保证自己的每部作品都畅销。人类终于意识到，让 AI 进行创作是无意义的，那还不如找一只小鸡放在钢琴上，它弹出美妙音符的概率可能还高点。”

“是啊，人类的喜好是多元的，这点我深有同感。客人们的性癖直到现在我都无法完全归纳。如果你让两位客人就它们各自对仿生人胸部大小的喜爱程度进行辩论，估计能持续一上午。”

“为了让 AI 理解人类的喜好，首先得让它们理解人类的语言。最早的 AI 能帮人类定闹钟、录音、记下备忘录，等等，但是识别人类的语言是一回事，在识别人类的语言后做出相应的反馈又是另外一回事。如果人类向 AI 倾诉自己心理上的痛楚，那时的 AI 会把它理解成生理上的疼痛。对人类而言，识别一个人说话的语气和语境简直轻而易举，但对那时的 AI 来说，却是难如登天的事情。”

“你说得没错，从语境和语气上看，男人在床上说‘我爱你’和在告白时说‘我爱你’完全是两码事。”

“在之后的六百年里，为了让 AI 能够感知人类语言中的情感波动，人类花费了大量的时间与精力。与此同时，解决 AI 的图像处理能力也成了重大难题。你要知道，早期 AI 可以识别出的东西非常有限，如果你让它分辨白人与黑人的区别，二选一嘛，掷一次硬币都有百分之五十的概率得到想要的答案，就更别说机器了。可是如果把数量扩大呢？先是按人种分，再按地区分，等 AI 可以识别出每个地区人类的区别，这还只是无足轻重的一步。这世上的所有动物、植物，静止的、运动的，AI 对每一样完全不同的东西都有一套不同的算法。最后，世界上人类所能想到的一切都容纳在你那张小小的芯片内。现在的仿生人终于可以提取每个人的面部特征，从而区分每个人的身份。你不觉得这很美妙吗？”

“确实如此，哪怕是初次见面的陌生人，我不仅能知道他是哪个人种，来自哪个地区，也能一眼区分他的身份地位。至于评判标准嘛，只要看他们到多米诺大厦的哪一层消遣就明白了。”

“然而无论是图像识别能力还是语言能力，都不如拥有记忆来得重要。记忆和存储数据是两码事，如果只是单纯地存储数据，根本无须用到AI。早期的个人电脑就能储存上万张照片，而人脑做不到。记忆包括当时的触觉、听觉、视觉以及环境、人物、事件等，甚至远比我说得要复杂得多。但仿生人是有缺陷的，她们不明白何为疼痛，即使能够让她们根据受力的大小做出相应的反馈，那也不是真正的疼痛，只是满足前置条件后执行下一步罢了。”

“根据受力的大小做出相应的反馈？那我们和男人做爱时的高潮就属于这种情况。”

“到最后，人类甚至希望仿生人可以共情，也就是所谓同理心、同情心。他们真是异想天开。不过正是他们把一个个不可能的想法变成可能的，你才会诞生到这个世界上啊，小初。”

“你的实验与仿生人的进化历程有关系吗？”

我增强了听觉，迫切地想知道问题的答案。但我听到的只有人潮的喧闹声、冷冽的风声以及湍急的水声。

“我想说的是，让仿生人变成人的历史实在是太过漫长了。我产生了一个奇怪的想法，一个对照实验，我刚刚说了吧。我拿到了两个婴儿。实验地点在多米诺之镜。”

“想必多米诺之镜也是为了秘密实验而建造的吧。”

“小初的智慧总是令我刮目相看，不过要是能改掉抢先回答问题的毛病就好了。你得好好听我把话说完，明白吗？”

“如果你能改掉你那围绕主题不停兜圈子的毛病就好了，那种循循善诱式的讲话方式只适合跟竞争对手谈判。”

“我们将两个婴儿置于相同的环境下，让她们分别在负一层与负二层长大，由仿生人负责她们的日常饮食与起居。实验的目的是想要知道在她们长大后，会不会把仿生人看作自己的同类。也就是，这是一个从人类变成仿生人的实验。”

“嗯？许多动物的确会把第一眼见到的动物当作自己的母亲。至于你的对照实验嘛，两个婴儿的区别是什么？”

“区别只有一个，我给其中一个孩子不停地灌输一个思想，没错，你应该已经猜到了。我不停地告诉她自己是仿生人，她和每天照顾她的那些人是同类。而另一个孩子则放任她的成长。结果你猜怎么着？”

“即使是再不遵循伦理道德的科学家也不会想出这种实验。至于实验的结果我根本不关心。”

“无论是旁敲侧击，还是直抒胸臆，各种各样的方法我都试了，一开始那个女孩的确把自己当成了仿生人，可后来，她突然产生了想要获得自由的反抗心理，她开始觉得自己和仿生人不一样，尤其是在生病后。反而是没有施加任何暗示的另一个女孩，也就是待在负二层的那个，直到她病死，她一直认为自己和仿生人是同类，幸福地过完了一生。你说，人类真的很奇妙吧。”

“无论她们的想法如何，她们都无法真正成为仿生人，也没有必要。她们的病因恐怕都和长期没有接触到阳光有关。你的实验间接导致了两位女孩的死亡，从人类的法律来看，你是个杀人凶手。”

“不，我什么也没做。我给她们在贫民窟想也不敢想的营养食谱，让她们健康长大。硬要说杀人凶手的话，那也是她们的母亲。”

“那个笔记本是故意给我看的吧？”

窗上浮现出了许多白色的小点，我身上的温度传感器在告诉我环境温度正在下降。那是，雪吗？

“许多微小的因素会影响一个人的成长，它们只是庞大的多米诺骨牌链条中的一环。一正一反，中心对称。多么美丽的空间，多么美妙的实验啊。而你看到的那本日记，就是实验的结果。”

“在我看来只是再普通不过的日记罢了。哪怕是伟大人物的传记，我也觉得那只是叙述了一个人的生平而已，无论他为人类做出多大的贡献，在我看来都一样。”

“小初，你和其他仿生人不一样的地方，就在于你的类比能力比其他仿生人强得多，你很幽默，也会反驳我，所以我想测试你的极限，想知道你能否产生所谓的同理心，也就是共情心理。这就是我把日记放在那儿的原因。”

“那你可能要大失所望了。”

不知道从哪边吹来的雪花大片大片地落在玻璃上。据说雪是白色的，但我从未知道它们真正的颜色，它们不是被重工业污染了，就是在霓虹灯下不断变化着让人捉摸不透的色彩。雪花们降临于世的使命，恐怕是包裹这座城市的黑暗吧。

“你竟然没有追问我 14 号的事，这么说你知道答案了？”

他的眼神里充满了期待。

我点了点头，做出了无声的回应。

“那么，请开始吧。”

他打了个响指，微弱的白色光线打在我身上，让人联想到摇滚乐队演唱会的开场。只可惜，我不会唱歌，也不是主唱。我接下来要做的事只是揭露某个人的罪行，虽然他并不会因为这件事在铁窗后度过余生。

“那一天，你以做了噩梦为由让我去多米诺之镜的负一层看看。第一次没有任何异常，可当我第二次前往时，那里却多了14号的尸体。整个大厦处在严丝合缝的监视下，这点我也确认了。凶手一定是在仿生人紧急换班时实施了犯罪，而能够准确得知仿生人何时换班的人就是凶手。”

我一边说，一边抚平裙子上的褶皱。

“这么说，你怀疑我是凶手了？先不说为什么要杀掉14号，或者说破坏14号，这么说或许都不准确，我随意处置自己的私有物品，那是我自己的权利。不过即使这样，我还是想听听你的推理，你认为我是怎么杀掉她的？”

“你在紧急换班的十分钟内将其杀害，然后将她藏在了某个地方。这个方法使得我第一次前往多米诺之镜的负一层时没有发现她。”

“你想说的是，你第一次乘电梯时被送到了另一个房间吧，另一个一模一样的房间。可是整个多米诺大厦内只有这么一处多米诺之镜，我没有必要建造第二处，除非我有更多的实验对象。而且你的定位系统每次都告诉你当前的相对位置，电梯下降的速度与时间你也能感觉到。”

“你用了另一种更加奇妙的方法。”

“是啊，我确实可以随意操控整座大厦，调遣每一位仿生人，打开每一扇紧闭的门。但我也说了，只有一个多米诺之镜。无论是改变电梯运行的方向，还是调换两个相同房间的位置，都不可能。我没有必要骗你，确实只有一个多米诺之镜。”

“我知道，所以我才说你的方法十分巧妙。而你的方法和动机是密不可分的，就好像是蛋糕上的奶油。”

“那就让我品尝一下你说的蛋糕吧。”

他舔了舔嘴唇，这个动作让我联想到在森林里觅食的野兽。

“旋转，你进行了旋转。”

国会大厦的钟又敲了一下，只是这次的钟声更像警报，因为它急促而短暂。

“在漆黑一片的电梯内，电梯的地板转了一百八十度，我变成了倒立的状态。大部分仿生人因为脚部材质的关系都可以在玻璃上倒立行走，而没有眩晕感的我，自然无法注意到电梯的地板旋转了一百八十度。我的定位欺骗了我，虽然脚下地板距离一层地面的高度与之前的一致，但我看到的，其实是负二层的天花板，处于倒立状态的我所看到的景象让我误以为自己处于负一层。那里自然没有 14 号的尸体，因为此时，14 号的尸体就在负一层堆积起来的巨型骨牌上，离我只有十米不到的直线距离。欺骗我的，正是多米诺之镜奇妙中心对称的布置。你那时之所以会对穿着高跟鞋的我表示不满，并不是因为你讨厌高跟鞋，而是我穿着高跟鞋会破坏你的计划。”

老板站起身来，拍了拍手，像是在对圆满完成任务的部下表示赞赏。

“人类有缺陷，仿生人何尝不是呢。人类剥夺了仿生人除视觉和听觉以外的其他感知。我有时就在想，仿生人能不能突破自己的极限，或者说缺陷？我想知道问题的答案。而有可能接近极限的，也只有你了。恭喜你出色地完成了这次实验。你突破了自身的缺陷，即使丧失了眩晕感，你还是知道了你想要的真相，也就是说，你变得更像人类了。”

当他说出“人类”两个字时，我听到了什么东西爆裂开来的声音，也可能是什么东西碎掉的声音。那是破灭的声音，也是崩坏的声音，更是毁灭的声音。在一声巨响过后，他脸上悠闲自得的神情化为乌有，我知道，那是大厦崩塌的声音。

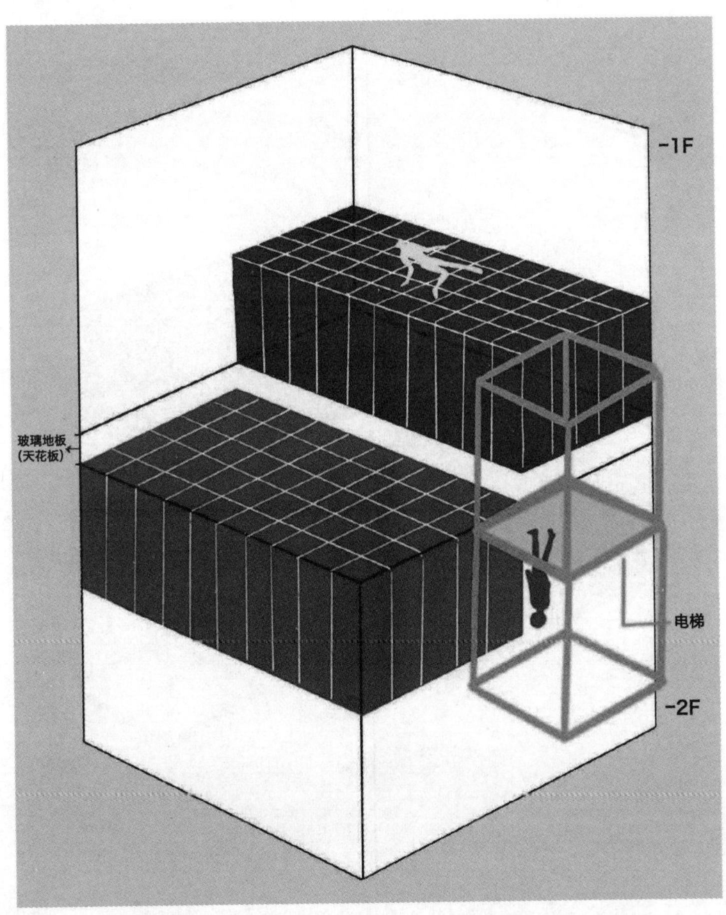


图七 小初第一次进入多米诺之镜时（倒立状态）

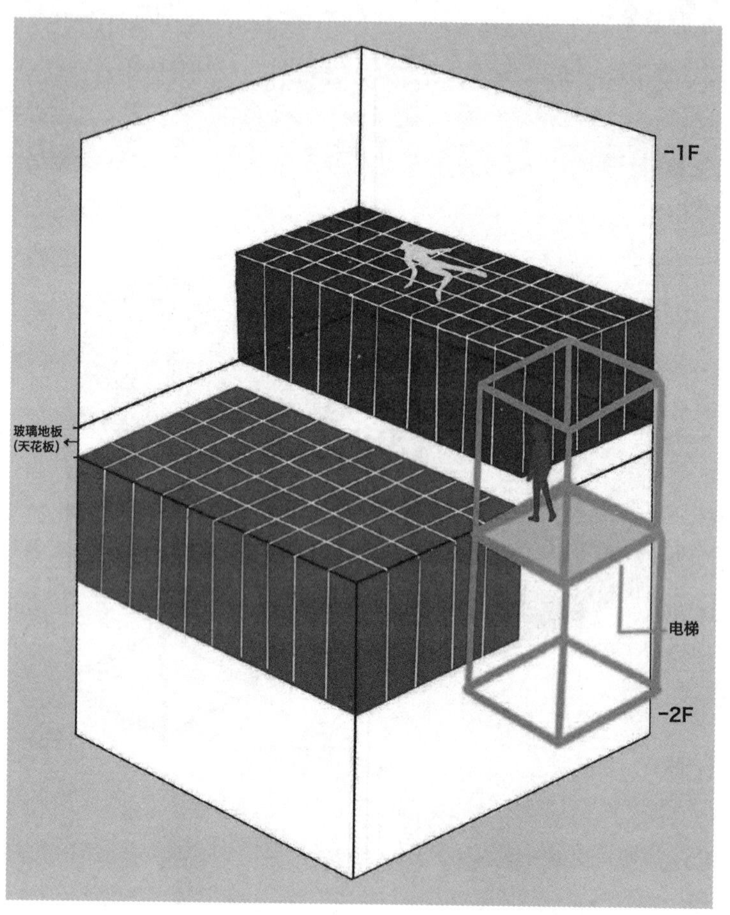


图八 小初第二次进入多米诺之镜的负一层时（正常状态）

# 不死不灭的少女

“什么声音？”

他脱口而出，神色慌张地望着我。

“谁知道呢，也许是水族馆水箱爆炸的声音吧。”

“你说什么？”

他打开了控制整座大厦的面板，而我早已准备好面对他的质问与咒骂。

“这简直是疯了，数据显示的水族馆内的水位早就超过警戒线了！为什么没有报警？”

“为什么？因为我早就关闭了报警装置，连停止注入的装置也一起关闭了。你既无法接收报警信号，也无法阻止水位上涨，除非你去一层的水族馆手动操作。不过那应该不可能了，那里已经变为水生生物的天堂了。”

我漫不经心地回答道。

“你启动了多米诺庆典的装置，那些在玻璃夹层里的疏水管道？你这个疯子，你是怎么启动它的？那些骨牌应该都好好保存在多米诺之镜的肖像画里。你是怎么知道密码的？不对，就算你可以动用那么多骨牌，但夹层全都锁好了，你根本无法把那些骨牌放进去。”

他一边询问，又一边质疑自己的问题。那手足无措的模样在我看来滑稽极了，就像是一只担惊受怕的老鼠。

“我才不知道那些巨型骨牌重新排列出的密码，虽然用穷举法我迟早有一天能够得到答案，但是实在缺乏美感，而且没有必要。我用的方法更加简单粗暴。”

“那到底是？”

“我拒绝回答这个问题，因为我猜，你应该还有其他想问的问题。我可以告诉你那个问题的答案。”

我露出微笑，那是面对所有客人时我都会露出的招牌式微笑。而我面前的这位客人似乎不希望被我招待。

“小初，我并非故意要挑 14 号下手，而是你之前对多米诺大厦其他仿生人的死亡熟视无睹，明明像这样的事件之前发生过七次，你为什么不去寻找凶手？我觉得这太不合常理了，于是我合理推测原因，之前事件的死者，无论是 35 号还是皮克曼，都是和你熟识的人。你会为了朋友去寻找真相，而不被你纳入朋友范畴的陌生人，她们的生死与你毫不相干。因为你和她们并非朋友，之后 14 号的死亡也恰恰证明了这点。只有 14 号失去了生命，你才愿意去思考事件的真相。所以说，是你的行为让最后这张骨牌倒下！是你的冷漠导致了 14 号的死亡！你扮演着整副骨牌链中最为重要的部分，你的一举一动可以决定其他骨牌的命运！”

“哦？我想你应该误会了，我并不为 14 号的死亡感到惋惜。我之前也说过了，我之所以去思考，是因为我的数据库里存在疑问。而我之所以不思考，则是因为我早就知道了问题的答案。”

“那你能告诉我，之前七次事件的凶手是谁吗？少给我在这里说大话了。我首先要告诉你的是，我不是凶手！”

他发出困兽般的嘶吼，在我看来像极了最后的挣扎。

“我当然知道凶手不是你，七个仿生人可贵了，你算得清这笔账，自然不会用这么多仿生人来进行实验。”

“那凶手是？”

他全然忘记了现在的处境，一心只想知道问题的答案。

“是我。”

我轻描淡写的回答让他愣住了。他一开始的表情像是在质疑我在开玩笑，但随后又变成了疑惑、恐惧，最后转变为一开始的严肃。

“那几次，你的监视数据都一片漆黑。你是怎么办到的？”

“亲爱的老板，你所看到的不一定是真相哦。我的方法实施起来非常简单。只需要随便找一个眼罩，多米诺大厦的商店里就有的卖，这样你就什么也看不到了。”

“那你……”

“我可以通过导航确认现在的具体位置，即使丧失了视觉也无关紧要。只要我和那些仿生人约好碰面地点，我就知道该在哪儿动手。即使没有触觉我也能感知物体的材质，所以拿走头部也是轻而易举的。当然，保险起见，我还关闭了我的听觉，还嘱咐来碰面的仿生人也戴好眼罩。”

“那些仿生人为什么没有反抗？你的作案凶器呢？”

“你忘了吗？我可是亮出过好几次D先生送我的微型链锯呢。那玩意儿可真好用。至于她们为什么没有反抗，仿生人补充条约里面只写了‘当人类想要对仿生人产生实质性伤害时，仿生人可以在适当情况下进行防卫。’”

“你不是人！”

他发出歇斯底里的怒吼，拿起桌面上最近的骨牌扔向我，被我巧妙地躲开了。

“我当然不是人，所以条约无法限制我。她们一个个的可听话了，乖乖接受了我的手术。”

我拿起掉在地上的骨牌，上面印着 14 号的肖像，成熟且富有魅力。

“你为什么要这么做？你这个恶魔！我大概是疯了，才让你这种不受管控的怪物诞生到这个世上。”

“为什么？理由很明显啊。你刚刚不是问过嘛，这是那个问题的答案。你和我说过的，多米诺大厦没有其他圆形的物体，除了那些仿生人的头部。”

“你用那些仿生人的头部启动了多米诺庆典装置？为什么要用七个？”

“因为其中六个要填补原本放置备用骨牌的凹陷槽，它们和仿生人头部的大小差不多，我还专门测量过。即使放置骨牌的玻璃夹层全都上锁了，但最上方依旧会留下一个开口。我把她们的头部一个一个地扔了下去，填满了缺口。而第七个头部，则一路滚到一层，沿路触发了所有机关，启动了这个装置。我很早便明白这个机关的原理，只要在一定时间内触发所有的机关就能启动装置。我计算过仿生人头部滚落的加速度，虽然比骨牌一个个倒下的速度稍微慢一些，但也足够了。在进入办公室之前，我完成了全部的准备工作。”

“你为什么要这么做？你这样并不能获得自由，这是在同归于尽你知道吗？”

“同归于尽？亲爱的老板，我的防水功能是所有仿生人中最好的，这可是你当初向仿生人制造商提的要求。哪怕整个大厦化为一片汪洋，我也能像水母一样自由地移动。至于理由嘛……”

“你对我产生了恨意吗？那是人类才会拥有的情感。你终究变成了人类。”

“别说笑了，理由很简单。我看过许多流传至今的神话故事，里面包含着大量的弑父情节。男人和女人结合创造了孩子，对孩子而言，父亲和母亲就是造物主。这么说的话，那我的造物主就是人类。神话故事中的人物在完成弑父这一违背伦理的举动后，往往少不了泪水与欢笑。我从未流过泪，我想明白那是什么感觉。为了满足流泪的前提条件，我想尝试一下。再说，你不是想把大厦拆了嘛，这也算是给你省去了拆迁费。”

“你这来自深渊的恶魔，地狱的魔鬼，畸形的怪物。你根本没有权利站在人类的立场审判我。你为了达成你那邪恶的目的，亲手杀害了七个同伴。你的手上现在已经沾满了罪恶。”

听到他的这番话，我发出嘲弄般的笑声说道：“别把我想得那么无情嘛，我只是受到了 D 先生的一点点启发。”

国会大厦的时针指向零点，如果此时增强听觉，可以听到烟花的绽放声、反抗军进攻时的呐喊声，以及久久无法散去的钟声。

但我没有这么做，我打开了泰迪熊背包的拉链，将背包里的白色卡片天女散花似的扔向房间的各个角落。那一瞬间，白色的 AI 投影填满了原本空空荡荡的房间，而那巨大的监控台上也亮起了无数的光芒。

如果空中巴士的司机刚好路过此处，他一定可以透过全景式玻璃窗看到——那面巨大的监控台上出现了无数张相同的面孔。他们的角度虽然各不相同，但脸上的赘肉却都被恐慌与惊愕填满。如果有人认识他，会尊敬地称呼他为“多米诺大厦的董事长”。只可惜，没有人能看到了。更可惜的是，这个称号的时限马上也要到期了。

我闭上了双眼，度过了对于面前的人类来说近似永恒的漫长时间。虚拟面板上的机身湿度终于发生了变化，那是泪水吗，还是……

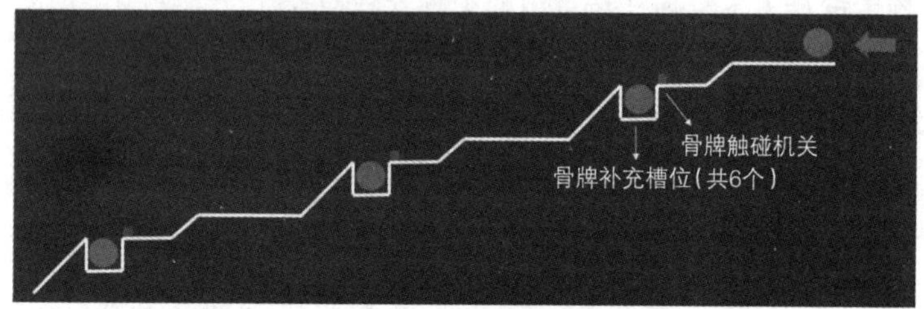


图九 核心诡计

# 永恒的多米诺少女

“我们扒开废墟中的碎片与瓦砾，试图从蛛丝马迹中找到人类文明的昔日光辉。”

我念出了某位不知名诗人的诗歌，试图缓解我和队员们沉重的心情。

“诗人，过来搭把手啊，别在那儿傻愣着。”

一百多天没刮胡子的史蒂芬手里拿着一块沾满尘土的碎玻璃，眼神里满是疲倦。即使他戴着手套，却还是被刮伤了。

“再坚持一会儿，你们可是旧时代人类遗迹的发掘者，给陷入沉睡的黑暗时代带来曙光的太阳啊。”

我嘶哑的嗓音吸引了所有人的注意，他们全都停下了手上的工作看向我。

“头儿告诉我们，五百年前这里是一片繁华的商业街，可我们都找了几天了，还是一无所获。我还得照顾我家的孩子呢。”

科伦叹了口气。他是最早加入考古队的一员，已经三天没有回基地了，他饱受辐射折磨的儿子一定很想见到他吧。

“我对各位的辛苦表示同情，但同时也对首领的决策深信不疑。他从来没有做过错误的决定，不是吗？他唯一错误的决定也许就是收留我，毕竟我除了给你们加油打气什么也做不了，我病弱的身体根本无法进行长时间的劳动。”

我拍了拍科伦的肩膀，希望给他些许安慰。

“头儿明明说好的只要两天，可我们这都挖了三天了，连个罐头都没找到。”

史蒂芬放下手中的碎玻璃，双眼无神地望向阴沉的天空。他在核战争爆发时躲在了自建的地下避难所，受到辐射的影响较小。但即使这样，脸上的某些部分还是肉眼可见的扭曲了。

“也许是海拔升高导致的，这里曾一度被海洋淹没。我在一本破旧的历史书上找到了这条信息。这就解释了为什么花费的时间比预期的长。”

为了缓解大家紧张的情绪，我下意识地说谎了。事实上，人类已经好几个世纪没有生产过纸质书籍了。

“省省吧，诗人。我们已经尽力了。还是算了……等等，这是什么？”

科伦愣住了，他轻轻拂去画框上的泥土。所有人都停下了手上的工作，不约而同地聚到他身边。不时有人往他手里递上干净的毛刷。

“天啊，太美了。”

当尘封在地底的画作重见天日之时，破败废墟的一角爆发出此起彼伏的惊叹声。即使画作的一些地方已经损毁，但少女的美依旧扎根在了每个人的心中，那是不属于这个世界的美。在辐射蔓延的世界，溃疡早就爬上了每个人的脸庞。它把美丽的少男少女变成阴森恐怖的怪物，也令人类文明化作了尘土。

科伦哽咽着说：“我老婆原来也像她这么漂亮。”

若是他在往日的酒局上说出这番话，一定会遭到友人的嘲笑。但此时，没人发出笑声，或许是画作上少女的美让深受辐射困扰的我们感到无地自容，又或许是为了表达无言的赞同。所有人都低下了头，因为所有人都相信他说的话。

“大伙看到了吗？首领的决策没错，这块地方蕴藏着许多我们无法想象的东西。我们要的可不只是维持温饱的罐头。无论是艺术家的珍品，还是伟大作家的手稿，说不定都能在这里找到。这里蕴藏着人类文明的瑰宝！精神上的无价之宝！”

我喝下最后半瓶泛黄的饮用水，极力调整自己嘶哑的嗓音，说完了这句话。

我不知道是少女的美打动了他们，还是我有气无力的演说打动了他们，总之他们恢复了三天前干劲十足的状态，不愿落下视线中每一个细小的物件。而我，坐在瓦砾堆成的废墟上，构思着有关人类重生的伟大诗篇。

不知过了多久，“死亡，毁灭，重生”，当我还在念念有词，掰着手指头考虑这首诗的韵脚时，史蒂芬欣喜地捧着刚刚出土的战利品走来。

“诗人，你看看这是什么？”

虽然因为年代的关系早已失去了昔日的光彩，我还是认出了它。是鞋子，更准确地说，是……

“这是高跟鞋，过去女性喜欢穿这种款式。现在已经不常见了，因为走起路来不方便。社会学家分析说，过去的女性大多身高不如男性，为了和男性平起平坐，这种款式曾经风靡一时。”

我从他手中拿走鞋跟早已破损的高跟鞋，将它放在了一边。

“这会是画作上那位少女的遗物吗？”

“或许吧，说不定这里过去不是商业街，而是豪华的私人住所。我们还需要更多的信息。”

史蒂芬似乎听懂了我的话，正准备快步离开时却被我叫住了。我给他包扎了手上的伤口，换上新的手套，毕竟我能做的也只有这些了。

似乎是为了回应兴致高涨的队员们，刚刚阴沉的天空此时乌云散去，放晴了。我用手臂挡住刺眼的阳光，继续观察汗流浃背的队员们。

当我注视着他们的时候，我开始对自己的职业产生困惑，并进一步思考自己存在的意义。我摸了摸左眼下方的脓包，疼痛的触感让我意识到自己还活着。我是一个诗人，可是在这样的年代里，诗人的存在又有什么价值呢？我所能做到的只有说出自己都厌烦的陈词滥调，给队员们加油鼓劲。

最后，我得出了结论，诗人这项特定的职业只会存在于特定的年代。现在的我或许不应该被称为诗人，而应该被称作“加油的人”。听上去和过去赛场上的啦啦队类似，可就算是我从前的长相，也不会有人希望我出现在加油的行列，更别说现在了。

这个世界大抵已经不需要诗人了。那画上的女孩呢？她的职业又是什么呢？肯定比我想象中高贵得多吧，毕竟她那么美丽。说不定是富家千金，年纪轻轻就嫁给英俊帅气的男子，体面地过完了一生。我不由得这么想。

我决定放弃刚刚写诗的想法。并不是我要放弃写诗了，而是准备以少女和高跟鞋为题材写一首诗，或许散文更好，更利于我的随性发挥？那就写散文吧。就在我思考散文的标题是叫《少女与高跟鞋》还是《穿高跟鞋的少女》时，一个声音打断了我。

“诗人，瞧瞧我们找到了什么？”

科伦手里握着几个长方形的物体，大部分的表面凹凸不平，磨损严重，只有他交到我手上的那块保存较好。

我拿起工作箱里一块干净的毛刷，开始清理表面的灰尘。清理出土的文物是一项需要耐心的工作，就像写诗一样。只要花上足够的时间，你一定能写出一首让大家喜欢的诗歌。

“你看这是什么？上面写有某种文字。”

科伦不耐烦地指向表面逐渐清晰的左上角。我放下手里的毛刷，才漫不经心地回答道：“上面写着 B-2，像是某种代号。”

“那这女孩又是谁？她的脸好圆啊，让我想到了苹果。我上次吃苹果还是四年前，最近的一次是在梦里。”

也许是科伦提到了苹果，许多队员闻讯赶来，纷纷发表了自己的看法。

“这会不会是某种牌类游戏，也许和扑克差不多。只是我们不知道游戏规则。”

“这怎么会是扑克呢？这比扑克厚多了，倒是更像拼图，只要找到其他的碎片就可以组成完整的图案。”

“这一看就是给小孩子的玩具，这在核战争之前很常见。”

“我这里也找到了一些类似的物体，左上角同样写有代号。上面的女孩脸都圆圆的，乍一看还挺可爱。”

“是扑克！”

“是拼图！”

“是玩具！”

他们在正午的烈日下争得面红耳赤，谁也无法说服谁。

“是骨牌，多米诺骨牌。”

趁着他们争吵的空隙，我翻阅了手边唯一的纸质资料——《人类发明百科全书》。即使我查找的那一页早就破破烂烂了，我还是认清了上面的文字——多米诺骨牌。

“骨牌，那是什么玩意儿？”

史蒂芬挠了挠只有几根头发的脑袋，率先提出了疑问。

我将他们收集到的骨牌排列在一起，然后推倒了第一个，排在后面的便接二连三地倒下了。

“书本上是这么说的，我也不明白它的意义何在。”

我拿起有些失焦的放大镜，逐字逐句地确认上面的文字。

“我还以为是什么稀奇的玩意儿呢。”

科伦将手中的一块骨牌扔进了远处的紫色池塘。其他队员也以各种方式表达自己的失望。

“不过结合之前找到的东西，我已经得出了可能的结论。”

“诗人，你就别卖关子了。大家都等着听你的结论呢。”

队员们七嘴八舌地议论起来，围着我坐了一圈，不由得让人联想到午夜的篝火派对，大家轮流到中间讲故事。

“我猜测这里曾经是某位大小姐的住所。她的那幅肖像画可能经过了某位画家适当的美化，才变成我们所看到的样子。最有力的证明便是骨牌上的女孩脸型都往圆形靠拢，而这些女孩的身份其实不难猜，大概就是那位大小姐的仆人吧。画家为了保证大小姐绝对的美丽，对她的仆人们都进行了艺术上的修饰，左上角的文字则表示每位仆人的代号。”

说实话，就连我自己都不相信这毫无逻辑的推论，可队员们出乎意料地没有反驳。他们只是点了点头，便重新回到废墟里工作了。

我的耳边重新归于宁静，写作的素材又多了一项——骨牌。我决定把散文的标题定为《骨牌，少女，高跟鞋》，可完全无法把这三样毫不相关的事物联系起来。在思考陷入瓶颈后，我把原因归咎于炽热的太阳。最后，我找到了一块阴凉的地方坐下，继续构思着也许会流芳百世的作品。

然而直到水瓶里的最后一滴水都蒸发殆尽后，我依旧没有任何想法。太阳再次来到我的头顶，耳边响起了队员们的争吵和议论。

“这绝对是那个时代的某种武器，也许可以用来电击对方。”

“电击？你也太小看它了吧。它肯定能够发射激光，只要一秒就可以切割人类的身体。”

“它看上去只是根普通的棍棒啊。”

“哪有这么小的棍棒，这肯定有其他用途。”

队员们的分歧演变成了争夺。

“这是我先发现的，给我。”

“这明明是我发现的，我要把它亲手交给首领。”

“这武器肯定具有很高的历史研究价值，谁抢到就是谁的。”

“我的。”

“这是我的。”

我想远离争吵，于是一言不发地望向工具箱。正当我准备拿出望远镜观察周围的情况时，一个不知道该如何描述的物体在空中划出一个亮丽的抛物线后，不偏不倚地落入了我的工具箱。

“那个武器呢？”

“那个棍棒呢？”

“明明是激光枪，它不见了。你们其中有人私藏了！”

为了给他们的争吵画上句号，我默不作声地查起了《人类发明百科全书》，这是第六版，新增了许多之前没有的插图。我花了不少时间，翻阅了所有带彩图的页面，终于在满是备注与折痕的地方找到了这个物体的具体名称——假阳具。

我不想再研究它的用途，便合上书本。长时间阅读细小的文字让我的眼睛十分疲劳，以致出现了重影。我站起身来环顾四周，将视线投向远方。

远处是光秃的山脊与满是裂痕的大地。我突然注意到其中一个白色的小点。那是我看错了吗？我拍了拍满是灰尘的手，揉了揉眼睛，确认我没有看错。我拿起只剩一片镜片的望远镜，将视线聚焦在那白色的小点上。

有那么一瞬间，我以为我在做梦。那是一位身着白色连衣裙的少女，她白皙的肌肤第一时间让我联想到了肖像画上的人。大概过了几秒，我终于确认那就是她。

无论是太阳，还是辐射，都没有在她的脸上留下丝毫的痕迹。

她就像天使一样，在酷热的午后微笑着，身上有着不属于这个世界的美丽——永恒的美丽。

**图书在版编目（CIP）数据**

多米诺少女 / 政启若著 . -- 北京：新星出版社，2022.10（2025.4 重印）
ISBN 978-7-5133-5023-5
Ⅰ . ①多… Ⅱ . ①政… Ⅲ . ①推理小说－中国－当代 Ⅳ . ① I247.5
中国版本图书馆 CIP 数据核字 (2022) 第 154878 号

**多米诺少女**

政启若　著

**责任编辑**：王　萌
**责任校对**：刘　义
**责任印制**：李珊珊
**封面绘图**：catzz
**装帧设计**：Caramel

**出版发行**：新星出版社
**出 版 人**：马汝军
**社　　址**：北京市西城区车公庄大街丙3号楼　100044
**网　　址**：www.newstarpress.com
**电　　话**：010-88310888
**传　　真**：010-65270449
**法律顾问**：北京市岳成律师事务所

**读者服务**：010-88310800　service@newstarpress.com
**邮购地址**：北京市西城区车公庄大街丙3号楼　100044

**印　　刷**：北京天恒嘉业印刷有限公司
**开　　本**：910mm × 1230mm　1/32
**印　　张**：6.75
**字　　数**：112千字
**版　　次**：2022年10月第一版　2025年4月第四次印刷
**书　　号**：ISBN 978-7-5133-5023-5
**定　　价**：48.00元

**版权专有，侵权必究；如有质量问题，请与印刷厂联系调换。**